REX HAYES

DER TEUFELSREITER

WESTERN

WESTERN-TASCHENBUCH Nr. 41 160

© Copyright 1977 by Bastei-Verlag Gustav H. Lübbe
Bergisch Gladbach
Printed in Western Germany
Umschlaggestaltung: Manfred Peters
Titelillustration: Three Lions
Gesamtherstellung: Mohndruck Reinhard Mohn OHG, Gütersloh

ISBN 3-404-00743-3

Der Preis dieses Bandes versteht sich einschließlich der gesetzlichen Mehrwertsteuer

Prolog

»Plötzlich rief der Kutscher: ›Da kommt er!‹

Alle Hälse reckten sich noch weiter vor, und aller Augen blickten gespannt in die Ferne. Weit hinten über der endlos toten Steppenfläche wird gegen den Himmel ein schwarzer Punkt sichtbar, der sich ganz deutlich bewegt. – Der Himmel weiß es!

Binnen zwei, drei Sekunden erkennt man Pferd und Reiter, sieht das Auf und Nieder – das Auf und Nieder. Immer näher fegt es heran, wird deutlicher, immer deutlicher und schärfer, kommt näher und noch näher, leise flattert das Geklapp der Hufe ans Ohr, und noch eine Sekunde, und von unserem Kutschenverdeck schallen Hurra und Gruß. Aber Mann und Pferd stürmen ohne Antwort vorüber und stieben davon wie der verspätete Nachläufer eines tollen Gewitters.

Das alles geschah so blitzartig und so plötzlich unwirklich, daß wir an der Echtheit unserer Vision gezweifelt hätten, wenn nicht eine Flocke weißen Schaums an einem der Postsäcke hängengeblieben wäre.

So beschreibt Mark Twain in seinem Buch »Roughing it« das Ereignis: Die Begegnung einer Postkutsche mit einem Kurier des Pony Express im Westen; ein Erlebnis während seiner Reise nach Nevada im Jahre 1860.

Rex Hayes

I

Frank Kane erwachte von einem bleiernen Druck im Magen.
Auf der Wagenburg lastete das trübe Zwielicht der frühen Morgendämmerung. Das wärmende Feuer für die Wachtposten gloste matt.

Kane rollte sich auf die Seite und zog die festen Wolldecken enger um sich. Er atmete schwer. Auf seiner Stirn stand kalter Schweiß – wie nach einem Alptraum.

Er kannte dieses Gefühl. Zum erstenmal hatte es sich gemeldet, als im vorigen Jahr seine Mutter am Trailfieber gestorben war, kurz nach dem Übergang über den South Platte River. Und dann, ein paar Tage später, als die während eines Gewittersturms durchgehenden Ochsen den Vater zu Tode getrampelt hatten, da war es wieder dagewesen. Es kündete Unheil an.

Kane sandte einen Blick über das noch schlafende Camp. Der Himmel war von einem düsteren Grau. Auf den dürftigen Halmen des braunen Wintergrases glitzerte Reif. Jetzt, zu Beginn des letzten Märzdrittels, waren die Nächte hier draußen noch kalt.

Seine Gedanken eilten in die Vergangenheit zurück: Der hoffnungsvolle Aufbruch in Independence vor fast einem Jahr – und danach die lange Fahrt durch ein Land, dessen rauhe Leere die Menschen zermürbte. Die ersten Büffel und die ersten wilden Indianer, die aus diesem endlosen Nichts aufgetaucht und wie Schemen wieder darin verschwunden waren. Der Tod der Eltern; und schließlich die Überwinterung in Fort Bridger, nachdem es deutlich geworden war, daß man die verschneiten Sierras nicht mehr überwinden konnte.

Kane seufzte. Wagen und Ochsengespanne, das Erbe seines Vaters, waren für Unterkunft und Verpflegung in Bridger's Fort draufgegangen. Jetzt besaß er nichts weiter mehr als sein Gewehr und die schwarzbraune Kentucky-Vollblutstute Belle. Und er mußte für einen Mann arbeiten, den er nicht leiden konnte, um sich seinen Lebensunterhalt zu verdienen.

Langsam färbte sich der Himmel rot. Unwillkürlich erschauerte Kane. Er griff neben sich, bis er die frostige Kälte seines Gewehrs spürte. Diese Berührung nahm dem flauen Gefühl in seinem Magen ein wenig von dem beklemmenden Druck.

Im Morgenlicht schimmerten die fleckigen Leinwanddächer der plumpen Prärieschoner, die man zur Wagenburg zusammengefahren hatte, wie die Segel von großen Schiffen. Vor zwei Tagen war die Karawane von Fort Bridger aufgebrochen, um den Weg nach Salt Lake City einzuschlagen. Dort wollte man sich zum letzten Ansturm auf die gefährliche Carson-Wüste und die eisigen Gipfel der Sierra Nevada rüsten. Und dann – endlich! – würde man nach einer Reise von beinahe einem Jahr das gelobte Land Kalifornien sehen.

Jim Bridger hatte vor diesem Unternehmen gewarnt. Er war der Meinung, die Karawane wäre viel zu klein und könnte sehr leicht eine Beute umherstreifender Rothäute werden. Er hatte Matt Sledge beschworen, so lange abzuwarten, bis weitere Auswandererzüge aus Fort Laramie einträfen, und sich ihnen anzuschließen. Aber Sledge, der Wagenboß und von den Treckleuten gewählte ›Captain‹, hatte die Ansicht vertreten, Bridger wolle sie nur zurückhalten, um noch länger an ihnen zu verdienen. Der Winteraufenthalt in seiner Handelsstation war ihnen wahrhaftig teuer genug gekommen.

Kane spürte, wie seine Hüften von dem Liegen auf dem harten Boden schmerzten. Einer der Posten der letzten Wache warf frisches Holz in das Feuer und schlug danach mit dem Messerheft gegen eine an einer Wagendeichsel aufgehängte Pfanne. Die scheppernden Laute tönten hallend über das schlafende Camp. Sie waren das allgemeine Zeichen zum Aufstehen.

Im Wagen, unter dem Kane sein Lager aufgeschlagen hatte, knarrten die Planken, und die Stimme von McCullock drang durch die Bodenbretter zu ihm herunter: »Laß die Ochsen hinaus, Junge.«

Kane richtete sich auf. McCullock war der Mann, für den er jetzt arbeitete, um sich die Reise nach Kalifornien zu verdienen; der Mann, der ihm im Winter Wagen und Ochsen gegen Lebensmittel abgekauft hatte. Auch Belle, die hübsche, leichtfüßige achtjährige Kentucky-Stute hätte McCullock gern gehabt, aber Kane hatte sie nicht hergegeben. Lieber wäre er verhungert, als sich von Belle zu trennen, die er schon als Füllen bekommen und großgezogen hatte.

»Junge, ich höre noch nichts von dir!« schnarrte McCullocks Stimme. Er war ein ungeduldiger Mann, der die Ansicht vertrat, jemand, der für ihn arbeitete, sollte sich seinen Lohn auch verdienen.

Kane murmelte einen Fluch. Es kam ihm hart an, die schützende Wärme der Wolldecken zu verlassen und in den frostigen Morgen hinauszutreten. Verdrossen strebte er dem Rand der Wagenburg zu, um sein Wasser abzuschlagen.

Überall begann das Camp, zum Leben zu erwachen. Feuer wurden neu geschürt und die Kessel für das Kaffeewasser darübergehängt. Die Posten der letzten Wache hatten weiße Nasenspitzen vor Kälte und rotgefrorene Wangen.

»Verdammtes Land!« sagte einer von ihnen.

Kane half dabei, zwei Wagen beiseite zu schieben und dadurch eine Lücke zu öffnen, durch die die Ochsen, die während der Nacht im Innern der Wagenburg gehalten wurden, ins Freie getrieben werden konnten, wo sie sich ihr Morgenfutter suchten. Danach machte er sich auf den Weg zu Belle, um ihr die kleine zusätzliche Haferration zuzustecken, die er immer für sie bereithielt.

Belle war ein echtes Kentucky-Vollblut, wenn sie auch durch den langen Winter struppig wie ein Bär geworden war und sich in Bridger's Fort einen Heubauch angefressen hatte. Aber der würde bald verschwunden sein – noch bevor sie das Ende der Carson-Senke erreichten.

»Komm zum Frühstück, Junge!« knarrte McCullocks Stimme über das Camp.

Kane schlenderte zum Feuer, wo Mrs. McCullock schon einen Becher mit Kaffee, Hotcakes aus Buchweizenmehl und ein paar ausgebratene Speckscheiben für ihn vorbereitet hatte.

»Immer die Trödelei mit dir«, tadelte McCullock.

»Hab' erst nach Belle sehen müssen«, murmelte Kane, während er sich am Kaffee die Lippen verbrannte und rasch einen Bissen von Mrs. McCullocks ausgezeichneten Pfannkuchen in den Mund schob.

»Du und dein verdammter Besenschwanz von Gaul!« McCullock legte den Kopf schief und blinzelte mit den Augen. »Was hast du nur für einen Narren an dem gefressen?« – Er versuchte immer, Belle herunterzumachen in der Hoffnung, sie vielleicht eines Tages doch noch zu bekommen.

»Meine Stute ist kein verdammter Besenschwanz, wie Sie sich

auszudrücken belieben, Sir«, verteidigte Kane sein Pferd. Er fing einen warnenden Blick von Mrs. McCullock ein und schloß den Mund. Sie war eine kleine verhärmte Frau, die seit zwanzig Jahren das Joch einer kinderlosen Ehe ertrug, in dem nur ihr Mann etwas zu sagen hatte.

Matt Sledge, der Wagenboß, kam vorbei. »Aufbruch in einer halben Stunde«, sagte er.

Der Himmel war heller geworden, der Sonnenaufgang nicht mehr fern. Kane kroch unter den Wagen und rollte seine Decken zusammen. McCullock stand immer noch beim Feuer und sprach zu ihm herunter: »Eines Tages kriege ich deine Stute schon noch, Junge. Warte nur ab, bis wir erst in Kalifornien sind. Was willst du dort anfangen ohne einen rostigen Penny Startkapital? Für ein Butterbrot und ein Ei wirst du sie mir verkaufen.«

Kane biß die Lippen zusammen. Es hatte keinen Zweck, mit McCullock zu streiten. Der Mann war rechthaberisch und eigensüchtig – und außerdem der einzige, der es sich leisten konnte, einen anderen für sich arbeiten zu lassen.

Er warf seine Bettrolle in den Conestoga-Wagen und untersuchte das Zündhütchen auf dem Piston seines Hawken-Präriegewehrs. Wieder meldete sich der beklemmende Druck in seinem Magen, der durch Mrs. McCullocks ausgezeichneten Kaffee für eine Weile vertrieben worden war.

Die Wagenleute waren eifrig bei der Arbeit, die Feuer zu löschen und alles für die Abfahrt vorzubereiten. Kane fing ein Lächeln und einen Blick von Carry Dixon ein, die ihrer Mutter beim Verpacken der Proviantbox half. Carry war sechzehn, blond und hübsch. Sie gehörte zur Familie eines Missionars, der nach San Franzisko unterwegs war. Dort wollte er sich nach den Sandwich-Inseln einschiffen, um den Heiden das Evangelium zu predigen. Kane sagte sich im stillen, daß Carry viel zu anziehend war, um ihr Leben auf ein paar abgeschiedenen Eilanden mitten im Pazifik zu verbringen. Sie hatte ihm ein paarmal deutlich gezeigt, daß sie ihn gut leiden mochte. Und auch ihm gefiel das blonde, anmutige Missionarsmädchen.

»Steh nicht herum wie ein Schlafwandler, sondern hilf endlich, die Ochsen ins Lager zu bringen!« fuhr ihn McCullock an.

Kane eilte zu seinem Pferd und schwang den Sattel auf Belles

Rücken. Er wartete, bis sie ausgeatmet hatte, ehe er den Gurt strammzog. Dann streifte er ihr das Zaumzeug über den Kopf, saß auf und galoppierte den anderen Männern nach, die aus dem Camp ritten, um die Ochsen zusammenzutreiben.

Jetzt, nach dem Winter und zu Beginn des Frühjahrs, hatte sich das Gras wieder erholt und reichte als Viehfutter aus. Später, im Sommer, würde das anders sein. Noch immer war deutlich die Narbe zu erkennen, die andere Wagenzüge dem Lande zugefügt hatten: eine häßliche Schneise der Verwüstung von mehr als einer Meile Breite, die sich von Ost nach West zog, gesäumt von den Skeletten niedergebrochener Ochsen, den Trümmern geborstener Prärieschoner – und den kaum noch sichtbaren Gräbern von Menschen, die den Strapazen oder den Pfeilen der Indianer zum Opfer gefallen waren.

Kein Baum wuchs mehr entlang dieses Trails der Auswanderer, den man California-Passage nannte. Und in ein paar Monaten, wenn die anderen Karawanen eintrafen, die sich jetzt in Independence zum Aufbruch rüsteten, würde hier auch kein einziger Grashalm mehr wachsen. Auf den Hügeln im Norden aber hielten die Sioux, Cheyennes und Arapahoes, die eigentlichen Herren dieses Landes, und beobachteten mit schwelendem Haß, welche Verwüstungen der weiße Mann in ihren Jagdgründen anrichtete. Schon wurden die Büffel spärlicher, die ihre Existenzgrundlage bildeten.

Die jungen Männer, Frank Kane unter ihnen, trieben die Ochsen in den Kreis der Wagenburg. Alle Hände griffen beim Anschirren zu.

»Catch up!« erscholl das erste Kommando von Sledge.

Die Kinder wurden in die Wagen gehoben. Das ungeschriebene Gesetz der Karawane lautete, daß alles zu Fuß ging, um die Kraft der Zugtiere zu schonen, ausgenommen Kranke, Alte und Kinder. Die Frauen schnürten ihre Schutenhüte fester und rafften ihre langen unpraktischen Röcke, über die jeder Indianer lachte. Die Fahrer griffen nach Zügeln, Stachelstöcken und Peitschen.

Matt Sledge warf den Arm in die Höhe: »Fall in!«

Rumpelnd und stoßend setzte sich der erste Wagen in Bewegung und rollte auf den Trail hinaus. Die anderen fädelten sich in der vorher bestimmten Reihenfolge ein.

Der Kreis der Prärieschoner löste sich auf – die Karawane war unterwegs.

Kane ritt als letzter, wo es den meisten Staub zu schlucken gab. Wie immer war ihm, zusammen mit einem anderen Jungen, der Steve Boyer hieß, die undankbare Aufgabe zugefallen, die kleine Viehherde der Auswanderer und die Reserveochsen hinterherzutreiben.

Von einer kahlen Anhöhe aus blickte er auf das sich nach allen Seiten endlos dehnende Land, das sich langsam unter den Strahlen der aufgehenden Sonne erwärmte.

Ein totes Land! – Eine Ödnis von solch erbarmungsloser Leere, daß man sich wie auf einen fremden Stern versetzt vorkam.

Flache winterbraune Bodenwellen erstreckten sich bis zu dem fernen Horizont. Dazwischen schimmerten die silbergrauen Flecke der Salbeibüsche und verliehen dem eintönigen Anblick etwas Farbe. Es schien kein Leben zu geben in dieser leeren Welt als die schaukelnden Planwagen, die sich mit knarrenden Rädern den Trail entlangarbeiteten – und das Wirbeln des Staubes, der von ihnen emporgeworfen wurde.

Matt Sledge war der einzige von all diesen Menschen beim Treck, der jemals über den Missouri nach Westen gekommen war – aber weit war es auch nicht gewesen. Der landeskundige Führer, den sie in Julesburg angeworben hatten, war während des Winteraufenthalts in Fort Bridger zu seinen Fallen in den Bergen zurückgekehrt. Bei ihrem Aufbruch war Sledge der Meinung gewesen, es wäre nicht nötig, weiteres Geld an einen Scout zu verschwenden, denn die paar Tagereisen bis Salt Laky City würde man auch so schaffen; eine Meinung, die von Jim Bridger durchaus nicht geteilt worden war.

»Seid vorsichtig, wenn ihr ins Ute-Gebiet kommt«, hatte er gewarnt. »Diese Rothäute sind die unberechenbarsten von allen. Und wenn sie nordwärts reiten, tun sie es immer in voller Stärke. Dann ist niemand vor ihnen sicher.«

Daran mußte Kane denken, als er auf die Kette der schaukelnden Planwagen schaute, die ihre verwitterten, fleckig gewordenen Leinwanddächer so stolz trugen wie alte Kriegsveteranen die

Narben ehrenvoll bestandener Gefechte. Er spürte wieder die kalte Faust, die nach seinem Magen griff, ihn zusammenpreßte und in einen eisigen Ball verwandelte.

Sledge ritt an der Spitze der Kolonne; er tat sich auf seine Rolle als Führer etwas zugute.

Kane sah Carry Dixons Blondschopf unter dem Staub. Er hatte schon davon gehört, was die Indianer weißen Frauen antaten. Während der langen Zeit in Bridgers's Fort war oft davon gesprochen worden. Die Vorstellung, daß Carry den Rothäuten in die Hände fallen könnte, ließ sein Herz schneller schlagen.

Er gab Belle die Sporen und galoppierte den Hang hinunter.

»Wohin?« rief Steve Boyer hinter ihm her.

»Bin gleich zurück!« Er winkte mit der Hand, um Boyer zu beruhigen.

Belle lief flott. Obwohl sie nicht mehr wie ein gepflegtes Kentucky-Vollblut aussah, hatte sie ihre Rasse und ihr Feuer bewahrt. Franks Vater hatte mit ihr den einheimischen Mustang im Westen kreuzen und eine neue Zucht auf die Beine stellen wollen. Einen neuen Pferdeschlag, der sich vor allem für die US-Kavallerie eignen sollte, die bisher den flinken, genügsamen Ponys der Indianer hoffnungslos unterlegen war. Aber diese Pläne waren mit ihm ins Grab gesunken.

McCullock hob den Kopf, als Kane an ihm vorbeikam.

»Solltest du nicht auf das Vieh aufpassen, Junge?« bellte er.

Kane gab keine Antwort. Referend Dixons Wagen rollte als zweiter in der Kolonne; wenn es zu einem Überfall kam, würde ihn die volle Wucht des ersten Ansturms treffen.

Carry stapfte hinter ihrem Vater durch den Staub. Kane sah, daß ihr Gesicht jetzt schon von der Anstrengung des Marsches gerötet war, und dabei war man erst eine Stunde unterwegs. Er zügelte Belle neben ihr.

»Wie geht's, Carry?«

Das Mädchen hob den Kopf. Seine Augen leuchteten auf.

»Oh, Frank . . .«

Kane sagte: »Möchtest du reiten? Ich könnte dir mein Pferd für eine Weile abtreten. Belle würfe dich bestimmt nicht ab, sie ist ein kluges Tier.«

Referend Dixon sprach scharf über seine Schulter: »Carry wird nicht reiten, sondern zu Fuß gehen wie jeder von uns. Sie ist ein gesundes, kräftiges Mädchen, und ich sehe keinen Grund, ihr irgendwelche Vorteile einzuräumen.«

»Aber Sir!« protestierte Kane.

»Kommen Sie her zu mir, junger Mann«, unterbrach ihn Dixon. »Hier an meine Seite, damit ich nicht so laut reden muß. Das, was ich Ihnen zu sagen habe, ist nur für Sie bestimmt!«

Kane gehorchte. Er lenkte Belle neben den Prediger, wobei er Carry einen bedauernden Blick zuwarf.

»Hören Sie, Mister Kane«, sagte Dixon leise, »ich möchte nicht, daß Sie damit fortfahren, Carry den Kopf zu verdrehen. Habe ich mich deutlich genug ausgedrückt?«

Kane spürte, wie er rot wurde.

»Ich verstehe nicht, Sir . . .«

»Sie haben mich sehr gut verstanden«, brummte Dixon. »Carrys Weg ist vorgezeichnet. Sie wird mit mir, ihrer Mutter und ihren Geschwistern nach den Sandwich-Inseln gehen, um Missionsarbeit zu leisten. Dazu ist sie erzogen! Und deshalb werde ich es nicht dulden, daß Sie noch länger um sie herumscharwenzeln. Oder glauben Sie, ich hätte keine Augen im Kopf?«

Kane biß sich auf die Lippen.

»Sir, ich habe nicht um Ihre Tochter herumscharwenzelt, wie Sie sich auszudrücken belieben. Es ist nur so – der lange, gemeinsame Weg –, man kommt sich einfach näher.« Er brach ab, denn er wußte nicht, was er zu seiner Entschuldigung noch vorbringen sollte. Erziehung und Respekt verboten es ihm, gegen den viel älteren Mann ausfällig zu werden.

»Junges Volk!« schnarrte Dixon mit seiner trockenen Predigerstimme. »Nichts als Dummheiten und Flausen im Kopf. Aber merken Sie sich eins, Kane: Selbst wenn wir nicht zu den Heiden gingen, würde ich es nicht dulden, daß Carry sich an einen Mann hängt, der nichts weiter besitzt als das Pferd, auf dem er reitet.«

Kane fühlte sein Blut kochen. Zur Hölle mit allem Respekt.

»Ein gutes Pferd!« fuhr er auf. »Ich könnte überall tausend Dollar und mehr dafür bekommen, wenn es mir verkäuflich wäre. Aber warum streiten? Vielleicht wären Sie noch froh, wenn Carry einen Habenichts wie mich zum Mann bekäme. Was würden Sie dazu sagen, wenn sie eines Tages die Decke mit einem roten Krieger teilen müßte?«

»Indianer?« Sofort sah Dixon beunruhigt aus. »Haben Sie welche entdeckt, Kane?«

Kane schüttelte den Kopf.

»Nein. Aber ich werde das Gefühl nicht los, daß sie in der Nähe sind. Es ist nur eine Ahnung – aber die hatte ich auch, als meine Mutter starb. Und dann noch einmal, als mein Vater ein paar Tage später von den Ochsen zertrampelt wurde.«

Er räusperte sich: »Das gleiche Gefühl – die Nähe von Gefahr!«

»Ein schlechtes Omen«, flüsterte Dixon. »Mister Sledge sollte davon wissen.«

»Darum bin ich hier«, erwiderte Kane und gab seiner Stute die Sporen.

Matt Sledge wiegte sich im Sattel eines starkknochigen Dunkelbraunen. Er legte die Stirn in Falten, als Kane sein Pferd neben ihm zügelte.

»Du, Junge? Sollte dein Platz nicht am Ende der Kolonne sein?«

Kane nickte.

»Ja, Sir. Aber das bißchen Vieh kann Steve Boyer auch ohne mich zusammenhalten. Ich wollte Ihnen nur sagen . . .«

»Na was?« fragte Sledge barsch. Es mißfiel ihm, wenn jemand den ihm angewiesenen Posten verließ.

»Ich glaube, wir werden von Indianern beobachtet«, platzte Kane heraus.

»Indianer?« Die Falten auf Sledges Stirn vertieften sich. »Bist du sicher? Hast du sie gesehen?«

»Nein«, mußte Kane zugeben. »Es ist nur so ein Gefühl; ich weiß auch nicht, wie ich es ausdrücken soll.«

»Dann ist das die Rede eines Narren«, brummte Sledge. »Indianer, wenn ich das schon höre!«

»Die Leute in Fort Bridger meinten, sie wären immer dann am nächsten, wenn man am wenigsten von ihnen sähe«, erwiderte Kane.

»Die Leute in Fort Bridger«, meinte Sledge, »haben sich einen Spaß daraus gemacht, uns Leute aus dem Osten, die in ihren Augen nichts weiter als blutige Greenhorns sind, mit Schauergeschichten zu erschrecken. Komm mit, Junge.«

Er lenkte seinen kräftigen Dunkelbraunen seitwärts einen

Hang hinauf, der mit einzelnen Buschinseln besetzt war. Der Wagentrail schlängelte sich zwischen den Bodenwellen dahin, über die ein kalter Wind fuhr.

Die Sonne war höher geklettert, besaß aber jetzt, im letzten Märzdrittel, noch zu wenig Kraft, um das Land zu erwärmen. Kane sah die Dampfwolken, die aus den schwitzenden Leibern der Zugochsen stiegen.

Die Kinder, die vorn auf den Wagenbrettern saßen, waren ausnahmslos alle in dicke Mäntel gehüllt. Carry Dixon hatte sich einen Wollschal um ihr auffälliges blondes Haar gebunden. Männer und Frauen stampften neben ihren Gespannen und Fahrzeugen dahin; jeder hielt den Kopf gesenkt; keiner blickte voraus.

Sledge wies auf die langen Staubfahnen, die von den mahlenden Rädern emporgewirbelt und vom Wind wie Rauchschleier über das Land geweht wurden:

»Siehst du den Staub? Ich wette, keine verdammte Rothaut könnte sich an uns ranschleichen, ohne nicht ebenfalls welchen aufzuwirbeln, nicht wahr? Schließlich sind Indianer keine Schemen, sondern auch nur Menschen aus Fleisch und Blut, und ihre Mustangs besitzen keine Flügel. Wenn du irgendwo auch nur eine Spur von Staub entdecken kannst – außer dem, den unsere Leute verursachen natürlich! –, dann will ich deine Geschichte von den Indianern glauben, mein Junge.«

Kane ließ seine Augen wandern. Aber er sah nichts.

Unten schoben sich die kahlen Hügel enger zusammen. Wie eine Mausefalle, dachte er.

»Vielleicht sollten wir doch besser ein paar Männer mit Pferden und Gewehren rechts und links ausschwärmen lassen, um den Zug zu sichern. Mein Vater erzählte mir, daß die Kavallerie bei ihren Märschen in feindlichem Gebiet es so hielte.«

»Ach Unsinn!« schnaubte Sledge. »Das wäre nur unnütze Kraftvergeudung. Wenn sich Rothäute hier rumtrieben, dann müßten wir eine Spur von ihnen entdecken. Meine Augen sind noch ganz in Ordnung.«

Kane wußte, was Sledge von ihm dachte. Alle diese Leute hier, außer seiner Familie, kamen aus Maryland, Ohio oder Pennsylvania. Er selbst stammte aus Kentucky, dem Land des grünen Rohrs, das bis vor ein paar Jahrzehnten selbst noch Grenzland gewesen war. Sledge glaubte, daß ihm daher die Furcht vor den Indianern immer noch in den Knochen steckte.

Der erste Wagen rollte eben in den Engpaß zwischen den Hügeln hinein. Die anderen folgten ihm in jenem stumpfsinnig-langsamen Trott, dessen Tempo von den Ochsen bestimmt wurde. Eine steife Brise bauschte die verwitterten Leinwanddächer der Conestogas. Steve Boyer trieb die kleine Rinderherde vorbei und winkte zu ihnen herauf.

Kane wandte sich an Sledge: »Scheint, daß ich mich geirrt habe. Tut mir leid, Sir. Ich wollte keine Unruhe stiften.«

Sledge machte eine geringschätzige Handbewegung.

»Schon gut«, wollte er sagen.

Aber er kam nicht mehr dazu.

Kane sah ein weißes Wölkchen aus einer Buschgruppe puffen. Zugleich damit vernahm er ein schrilles Pfeifen und einen dumpfen Aufprall – und dann erst den peitschenden, weit über das leere Land hallenden Knall eines Gewehrschusses. Erschrocken fuhr er im Sattel herum.

Sledge hatte den Mund wie zu einem Schrei geöffnet, aber kein Laut kam aus seiner Kehle. Mit entsetzt aufgerissenen Augen stierte er Kane an. Sein Hut war fort. Aus seinen Haaren stürzte ein Blutbach und überschwemmte sein breites, von Frühjahrssonne und Wind rotbraun gebeiztes Gesicht.

Er machte eine rudernde Bewegung mit den Armen. Dann löste sich der Schrei aus seinem verzerrten Mund. Aber es wurde nur ein blutersticktes, heiseres Krächzen daraus.

Sein Pferd stieg, kreiselte herum und stob in Panik davon. Sledge rutschte langsam seitlich vom Sattel. Aber seine Füße blieben in den Bügeln. Das letzte, was Kane von Matt Sledge sah, war der flüchtende Dunkelbraune mit dem seitlich herabbaumelnden, im schaurigen Takt schwingenden Körper und den schlaff herunterhängenden Armen und den leblosen Händen, die den Boden streiften.

Kane saß wie gelähmt in Belles Sattel. Er konnte sich nicht rühren, nicht schreien, war vor Schreck wie erstarrt. Das Entsetzen raste in heißen, pulsierenden Wogen durch seine Adern.

Nur zwei, drei flüchtige Sekunden mochten nach dem überraschenden Schuß vergangen sein, und unten im Wagenzug herrschte ein quirlendes Durcheinander.

Aus allen Büschen an den Hängen rechts und links erhoben sich braune Gestalten. Von den Hügelkämmen gellte markerschütterndes Geheul. Weitere Schüsse knallten. Eine Wolke von Pfeilen senkte sich auf die lange Kette der Prärieschoner herab.

Von Geschossen durchsiebt, brachen die Ochsen des ersten Wagens im Joch zusammen. Die Gespanne des zweiten gingen durch, prallten in den ersten hinein. Männer brüllten und rannten nach ihren Gewehren. Feuerpfeile setzten die fleckigen Leinwanddächer in Brand. Frauen schrieen in hysterischer Angst nach ihren Kindern.

Und plötzlich stand auf einer der Bodenwellen wie hingezaubert eine lange Kette berittener Krieger. Das kalte Licht der Frühjahrssonne brach sich in Lanzenspitzen und Gewehrläufen. Mähnen und Adlerfedern wehten im Wind.

Der Augenblick des Überfalls war erstklassig gewählt. Die Indianer hatten nicht im Morgengrauen angegriffen, der grauen Stunde, vor der die Wagenleute in Fort Bridger gewarnt worden waren, o nein. Sie hatten sich einen viel besseren Zeitpunkt ausgesucht.

Zum erstenmal in seinem Leben sah Kane den reitenden Tod der Plains in seiner vielfarbigen, schrecklichen Gestalt. Er vernahm das infernalische Geheul, das die Nervenkraft auch des mutigsten Mannes zermürbte.

Jetzt setzte sich die Front der berittenen Krieger in Bewegung, flatterte auseinander, raste in windender Fahrt den Hang hinunter und begann die Karawane, die längst zum Halten gekommen war, zu umkreisen. Das dünne Gewehrfeuer der Verteidiger klackerte die Wagenkette hinauf und hinab.

Kane erwachte aus seiner Erstarrung, die nicht länger als ein paar Sekunden gedauert haben konnte. Die Lähmung fiel von ihm ab.

»Carry!« brüllte er und rammte Belle die Sporen in die Flanken.

Pulverqualm, Staub und der Rauch der brennenden Leinwandplanen vermischten sich zu einem dichten Nebel, in dem die Gewehrschüsse rötlich blitzten und sich die berittenen Indianer wie kreischende Dämonen bewegten. Kane sah, wie greulich bemalte Fratzen sich gegen ihn wendeten. Er tötete einen Krieger durch einen Schuß aus seiner Hawken, dann packte er das schwere Gewehr am Lauf und benutzte es als Keule, wobei er sich weit aus dem Sattel lehnte. Sein Lebenswille wurde zu einer lodernden, alles verzehrenden Flamme.

Belle rannte einen kleinen, wild und struppig aussehenden Mustang nieder. Grunzend kam der Krieger auf die Füße, den Bogen in der Hand, einen Pfeil eingelegt, drei weitere im Mund. Kane hatte schon davon gehört, daß jeder dieser barbarischen Reiter seine Pfeile schneller abschießen konnte als ein weißer Mann es vermochte, die Trommel seines Revolvers zu leeren. Instinktiv kauerte er sich tiefer in den Sattel.

Die Bogensehne schwappte. Ein heißes Brennen fuhr über seine rechte Wange, und dann spürte er das warme Rieseln von Blut.

Der Krieger brummte und griff nach einem anderen Pfeil.

»Vorwärts, Belle!« schrie Kane.

Ein Sprung der Stute trug ihn nahe an den Indianer heran. Er schwang das Gewehr – sah die schwarzen, haßfunkelnden Augen, das greulich bemalte Gesicht. Dann krachte der Kolben auf den Schädel des Kriegers hinab.

Steve Boyer tauchte aus Staub und Rauch wie ein Schemen auf. Er schwankte im Sattel, hielt sich mit beiden Händen an der Mähne fest. Seine Lippen waren verzerrt, und aus seinen Mundwinkeln floß Blut.

»Hilf mir, Frank!« keuchte er.

Plötzlich verloren seine Hände den Halt, und er sackte langsam vornüber auf das Sattelhorn. Kane sah die wippenden Pfeilschäfte, die aus Boyers Rücken ragten – und jeder von ihnen hatte eine dünne Blutspur auf dem Mantel des Jungen hinterlassen.

»Steve . . .!« würgte Kane heraus. Seine Kehle war wie zugeschnürt.

Aber Boyer konnte ihn schon nicht mehr hören. Er rutschte aus dem Sattel und war schon tot, bevor er im wirbelnden Staub verschwand.

Kane hatte das Gefühl, als ob sein Ich sich plötzlich spaltete; als ob er mit einem Male aus zwei Personen bestände, von denen die eine interessiert zuschaute, wie die andere um ihr Leben kämpfte. War das schon der Abschied vom Diesseits? Das Loslösen von der Erde?

Irgendwie gelang es ihm, sich zu den Wagen durchzuschlagen, die jetzt beinahe alle brannten. Der Rauch ließ seine Augen tränen. Halb blind trieb er Belle weiter. Alle seine Gedanken galten Carry.

Jim Bridger hatte während des Winters einmal davon berichtet, daß er dabeigewesen war, als Scout und Dolmetscher, als die Armee ein paar weiße Gefangene von den Sioux freigekauft hatte.

»Arme, mißbrauchte, von Entbehrungen und unmenschlicher Arbeit halb wahnsinnige Wesen, die mit stumpfen Augen um sich blickten und überhaupt nicht wahrnahmen, was mit ihnen geschah.« – Diese Worte von Bridger klangen immer noch in Kanes Ohren.

Er kam an McCullocks Wagen vorbei. Der Mann, der ihn immer nur angetrieben und herumkommandiert hatte, lehnte an einem Rad, mit gebrochenen Augen und einem Pfeil in der Kehle. McCullock würde niemanden mehr schikanieren; nie mehr, solange die Welt sich drehte.

Mrs. McCullock war verschwunden. Kane fragte sich, wo sie geblieben sein mochte. Ob sie sich selbst das Leben genommen hatte? Ob sie in panischer Angst den Angreifern in die Arme gelaufen war? – Er hätte der Frau gern geholfen, denn sie war immer freundlich zu ihm gewesen, aber er hatte mit sich selbst genug zu tun.

Vorn, von der Spitze des Wagenzugs, brandeten Geheul und wildes Schießen. Dann wurde es plötzlich still. Kane wußte, was das bedeutete. Referend Dixons Wagen war ziemlich weit vorn gefahren. Er trieb Belle mit hämmernden Sporenstößen zu höchstem Tempo an.

In der Mitte der Kolonne hatten sich die überlebenden Verteidiger um zwei noch nicht brennende Wagen geschart. Hierhin hatten sich auch die Frauen und Kindern geflüchtet. Aber es konnte nicht mehr lange dauern, bis sie überrannt wurden. Die Übermacht der Angreifer war einfach zu groß, der Überfall zu überraschend gekommen.

Wenn Sledge nur auf mich gehört hätte! – dachte Kane mit zusammengebissenen Zähnen.

»Hierher, Frank!« rief ihm jemand zu, als er an den Wagen vorbeiraste. Er erkannte die Stimme von Willard Gorse, einem Mann, mit dem er immer recht gut ausgekommen war.

Noch immer blitzten Schüsse rötlich durch die stetig dichter werdenden Rauchwolken. Die Indianer hatten einen wirbelnden, tödlichen Ring um die Karawane gelegt, aus dem es kein Entkommen gab. Sie hingen an der den Wagenleuten abgewendeten Flanke ihrer Ponys, benutzten die Tiere gleichsam als Schild und schossen unter den Hälsen der Mustangs hinweg ihre Kugeln und Pfeile ab. Kane, selbst ein ausgezeichneter Reiter, mußte sie dafür bewundern.

Belle scheute, als ein Pfeil ihre Kruppe streifte, und machte einen entsetzten Sprung. Aber Kane blieb fest im Sattel. Er hatte in Kentucky schon an Hindernisrennen teilgenommen und war nicht so leicht abzuwerfen.

Der Wagen von Henry O'Dowell lag auf der Seite, die Ochsen hingen, mit Pfeilen gespickt, tot im Geschirr. O'Dowell wehrte sich, so gut er konnte, mit seinem leergeschossenen Gewehr gegen ein Rudel von roten Kriegern, die heulend immer wieder gegen ihn anritten.

Gerade als Kane heranjagte, wurde O'Dowell von einer Lanze in die Brust getroffen und sackte in die Knie. Sein zwölfjähriger Sohn stand mit totenblassem Gesicht neben ihm und bediente einen viel zu groß für ihn aussehenden Revolver mit beiden Händen. Einer der kreischenden bemalten Teufel wurde von einer Kugel aus dem Sattel geschlagen und sank mit rudernden Armen zu Boden. Ein anderer schleuderte den Tomahawk mit tödlicher Präzision. Leblos fiel der kleine Jimmy O'Dowell quer über die Leiche seines Vaters.

Kane beobachtete, wie ein anderer Krieger die schreiende Mrs. O'Dowell an ihren langen Haaren packte und zu sich aufs Pferd riß. Sein Magen krampfte sich zusammen.

Im nächsten Moment prallte Belle, scharf gespornt, mitten zwischen das heulende Rudel. Kanes Hawken-Gewehr mähte nach rechts und links und schlug eine Gasse, aber für Mrs. O'Dowell kam jede Hilfe zu spät. Der Krieger war schon mit seiner Beute in Rauch und Pulverdunst verschwunden.

Etwas schlug hart gegen Kanes Arm und prellte ihm das Gewehr aus der Hand. Belle keilte hinten aus; ihre eisenharten

Hufe zerschmetterten einem Krieger den Schädel, der sich zu Fuß herangeschlichen hatte. Im nächsten Augenblick beugte Kane sich tief aus dem Sattel und riß den Revolver an sich, der Jimmy O'Dowell entfallen war. Und er betete zu Gott dabei, daß die Waffe geladen sein mochte.

Er richtete sich wieder auf – und sah ein braunes Gesicht dicht vor sich und einen muskulösen Arm, der einen Schädelbrecher schwang. Belle machte einen Sprung zur Seite, und der Hieb streifte nur Kanes linke Schulter. Dennoch raste sofort flammender Schmerz durch seinen ganzen Körper.

Der Krieger grunzte etwas, sein Pony bewegte sich mit der Geschmeidigkeit einer Katze. Kane starrte in ein glühendes Augenpaar und las seinen Tod in ihm.

Sein Daumen spannte den Hammer des Revolvers. Dann stieß er den Lauf nach vorn, mitten in die bemalte Teufelsfratze hinein, und drückte ab, immer noch hoffend, daß Jimmy O'Dowell nicht alle Kugeln in der Trommel vergeudet haben mochte.

Blitz und Knall des Schusses und der Rückstoß des Revolvers in seiner Faust waren eins: eine Erlösung. – Die schwarzen, glühenden Augen vor Kanes Gesicht wurden plötzlich gläsern, der Arm mit dem Schädelbrecher sank herab. Belle rannte das Pony um, und der tote Krieger fiel unter sein niedergehendes Pferd.

Etwas streifte Kanes Schläfe und riß ihm den Hut vom Kopf. Aus seiner Sattelpausche ragte plötzlich ein zitternder Pfeilschaft. Eine Kugel schlitzte ihm den schweren Überrock, den er am Morgen angezogen hatte, an der Hüfte auf.

Ein Blick auf die Walze des Revolvers zeigte ihm, daß sich noch auf drei Pistons unbenutzte Zündhütchen befanden. Drei Schüsse hatte er also noch zur Verfügung. Aber was kam dann?

Er wußte nicht, wie lange dieser Alptraum schon andauerte. Waren wirklich erst ein paar Minuten vergangen, seitdem Matt Sledge, von einer Kugel in den Kopf getroffen, aus dem Sattel geglitten war?

Jedenfalls sah er plötzlich Referend Dixons Wagen vor sich. Das Leinwanddach stand in hellen Flammen. Kane hörte das schrille Schreien der Kinder und das Jammern von Dixons Frau, die um Hilfe rief. Der Referend selber kniete am Boden, die Hände gefaltet und den Kopf gesenkt.

Kane zügelte Belle so hart vor ihm, daß die Stute auf die Hanken sank.

»Nicht beten, sondern kämpfen, Sir!« schrie er den Prediger an.

Dixon starrte ihn an wie einen Geist. Dann schüttelte er langsam den Kopf.

»Ich bin ein Mann des Friedens. Wer zum Schwert greift, wird durch das Schwert umkommen, spricht der Herr.«

»Verdammter Unsinn!« tobte Kane. »Machen Sie das mal den Indianern klar! Haben Sie nicht an Ihre Frau und Ihre Kinder gedacht?«

»Wir alle stehen in Gottes Hand«, murmelte Dixon ergeben.

Gehetzt schaute Kane sich um. Nur Dixons schwarzer Rock hatte den Missionar bis jetzt davor bewahrt, getötet und skalpiert zu werden. Die Indianer, das wußte Kane von den Leuten aus Bridger's Fort, kannten Geistliche und fürchteten sich ein wenig vor ihnen. Aber lange konnte ihr Zaudern nicht mehr andauern. Bald mußten Blutrausch und Haß auf den weißen Mann die Oberhand gewinnen. Und dann – und dann ...

Schon sah Kane, wie eine Gruppe von jungen Kriegern sich in der Nähe von Dixons Wagen sammelte. Sie stießen spitze, gellende Schreie aus und schwenkten drohend ihre Waffen. Es konnte nicht mehr lange dauern.

In diesem Augenblick sprang Mrs. Dixon, von der Hitze und den Flammen vertrieben, aus dem lichterloh brennenden Wagen. Carry war bei ihrer Mutter und stützte sie. Ihr blondes Haar leuchtete wie reifer Weizen.

Ein begehrlicher Schrei ging bei ihrem Anblick durch die Ketten der jungen Krieger. Ein paar von ihnen setzten ihre Ponys in Bewegung.

»Hierher, Carry!« krächzte Kane mit seiner vom Rauch und Staub heiseren Stimme.

Sie schüttelte verzweifelt den Kopf, fest entschlossen, ihre Familie nicht im Stich zu lassen.

Kane trieb Belle mit einem Sporenschlag auf sie zu. Ihr Haar hatte sich geöffnet und floß ihr in langen Wellen bis auf die Schultern. Als sie Kane herangaloppieren sah, begann sie zu laufen und ihre Mutter mit sich zu zerren.

Spätestens in diesem Moment mußte Referend Dixon erkannt

haben, daß weder seine Gebete noch sein schwarzer Rock seiner Familie helfen konnten.

»Kane, retten Sie mein Kind!« rief er, sprang auf und warf sich mit ausgebreiteten Armen den heranbrausenden Kriegern entgegen. Er wurde einfach über den Haufen geritten.

Kane beugte sich tief aus dem Sattel und packte Carrys Kleid am Nackenausschnitt. »Lauf zu, Belle!« feuerte er seine Stute an.

Carry schlug nach ihm, aber seine Faust hielt fest wie eine eiserne Klammer. Und so hielt er das Mädchen noch und schleifte es neben sich her, als das Pferd sich schon im gestreckten Galopp befand. Carrys Arme waren nicht so stark wie seine; sie hatten die Schultern ihrer Mutter längst losgelassen.

»Rauf mit dir, Carry!« keuchte er.

»Ich – ich hasse dich!« fauchte sie ihn an.

Kane wickelte die Zügel ums Sattelhorn, weil er die zweite Hand brauchte; außerdem fand Belle auch ohne seine Hilfe den besten Weg.

Er bückte sich und faßte nach Carrys Schulter. Seine Fäuste zitterten vor Anstrengung, aber sie gaben nicht nach. Im nächsten Moment hatte er Carry hinter sich aufs Pferd gerissen.

»Festgehalten!« schrie er ihr zu.

Ihre Arme schlangen sich um seine Hüften, und Belle schoß wie ein von der Sehne gelassener Pfeil dahin.

Ein kreischender Krieger versuchte, ihnen den Weg abzuschneiden. Kane feuerte aus O'Dowells Revolver und traf das Pony, das zusammenbrach und noch ein Stück über den Boden schlidderte, ehe es verendete. Mit dem zweiten Schuß tötete er den Krieger. Dann war der Weg zu den Hügeln frei.

Belle lief trotz der doppelten Belastung flink und leichtfüßig; sie schien förmlich über die Bodenwellen zu fliegen. Jetzt machte sich die tägliche Haferration bemerkbar, die Kane ihr zugesteckt hatte und die ihr Kraft und Ausdauer verlieh. Immer mehr fielen die Mustangs der Verfolger zurück, bis die Indianer es schließlich aufgaben und nur noch ein paar spitze Schreie und klakkernde Schüsse hinter ihnen hersandten.

Von der nächsten Anhöhe warf Kane einen Blick zurück. Er sah den schwarzen Rauch der brennenden Wagen und die lodernden Flammen. Und er sah auch, wie die wütenden und enttäuschten Jungkrieger, denen es nicht gelungen war, ihn und Carry zu fassen, eben über Mrs. Dixon herfielen.

»Schau dich nicht um, Carry«, sagte er mit belegter Stimme: »Um Himmels willen, schau dich nicht um!«

II

Kane kannte das Land nicht; es war ihm so fremd wie der Mond. Zum Wagentrail zurückzukehren, durfte er nicht mehr riskieren. Er schaute auf den Revolver in seiner Hand. Fünf Kammern waren abgefeuert, nur auf der sechsten steckte noch ein unbenutztes Zündhütchen.

Ein einziger Schuß also nur noch, was konnte er damit schon anfangen? – Es reichte noch nicht einmal aus, um sie beide zu töten, wenn sie wieder überfallen wurden.

Er steckte die Waffe in seinen Gürtel und lenkte Belles Kopf westwärts. Im Westen mußte Salt Lake City liegen, wie Sledge behauptet hatte. Es bedeutete Rettung. Vielleicht stieß man aber auch schon früher auf eine Mormonen-Farm.

Die schwarzbraune Stute ging jetzt in einem ruhigen, aber weit ausgreifenden Schritt. Obwohl naß vom Schweiß, war sie noch längst nicht mit ihrer Kraft am Ende. Kane kannte sein Pferd. Er wußte, daß es erst dann seine volle Schnelligkeit entfaltete, wenn es richtig warmgelaufen war.

Das ferne Schießen war längst verstummt. Aber die schwarzen Rauchwolken, die von der brennenden Karawane stammten, verdunkelten noch bis zum Mittag den Horizont, ehe sie endgültig verschwanden. Kane dachte an Steve Boyer, Matt Sledge und alle die anderen, die er sterben gesehen hatte. Zum erstenmal in seinem Leben war ihm der Tod in seiner grausigsten Gestalt begegnet. Jetzt, nachdem die Anspannung des Kampfes vorüber war, begannen seine Zähne zu klappern vor Entsetzen.

Carry hielt sich erstaunlich gefaßt. Sie fragte nichts, sprach auch kein Wort. Ihr Kopf ruhte an Kanes Rücken, und ihre Hände lagen an seinen Hüften. Viel später stieg Kane ab, um Belle etwas Erholung zu verschaffen. Carrys Augen blickten ihn stumpf an – mit einem Ausdruck, den er nicht kannte, so fremd und gleichgültig. Es war, als ob der Untergang ihrer Familie ihren Geist verwirrt hätte. Eine unsichtbare Mauer schien sie zu umgeben, die Kane nicht zu durchbrechen vermochte.

Spät am Nachmittag befanden sie sich schon viele Meilen vom Schauplatz des Überfalls entfernt. Kane führte sein Pferd in eine Buschgruppe, die sich unterhalb eines Hügelkammes befand, und hob Carry vom Sattel.

»Hast du Hunger?« – Er suchte in seinen Rocktaschen nach etwas Eßbarem.

Sie schüttelte nur den Kopf. Kane erschrak vor dem fremden Ausdruck in ihren Augen.

Er lockerte Belles Sattelgurt und nahm ihr die Gebißstange aus dem Maul, damit sie sich ihr Futter suchen konnte. Am Sattelhorn hing seine Feldflasche, die Mrs. McCullock heute morgen, bevor er zu den Rindern geritten war, noch mit Kaffee gefüllt hatte. Er knotete sie los und hielt sie dem Mädchen hin:

»Durst?«

Jetzt belebten sich Carrys Züge etwas. Sie griff nach der Flasche und trank. Die Bedürfnisse des Körpers waren stärker als Schreck und Grauen.

Kane fuhr ihr behutsam mit der Hand übers Haar. »Es wird schon wieder gut werden, mein Mädchen.«

Sofort erkannte er, daß er etwas völlig Flasches gesagt hatte, denn ihre Augen wurden wieder steinern. Sie ließ die Flasche fallen und kehrte ihm den Rücken zu.

Kane hob schnell die Flasche auf, denn der Kaffee war kostbar für sie beide. Er wußte nicht, wo es Wasser gab. Wenn sie welches fanden, mußte es zuerst für Belle aufgespart werden. Denn nur solange sie das Pferd besaßen, gab es noch eine Chance für sie.

Als Kane sah, daß Carry zitterte, zog er seinen gefütterten Überrock aus und hängte ihn ihr über sie Schultern. Sie kauerte auf der Erde, starrte vor sich hin und ließ es stumpf mit sich geschehen.

»Ich werde mich jetzt ein wenig umschauen.« – Kane griff ihr unters Kinn und hob ihren Kopf, um sie zu zwingen, ihm in die Augen zu sehen: »Und du bleibst hier, nicht wahr? Du läuft nicht weg! Willst du mir das versprechen?«

Sie antwortete nicht. Ihr Blick ging durch ihn hindurch in eine weite, weite Ferne. Kane wußte, was sie sah. Der Schock hielt sie noch immer in seinem furchtbaren Griff. Vielleicht würde sie sich eines Tages wieder daraus lösen können, und vielleicht auch – niemals mehr.

Kane fror bei diesem Gedanken. Er ließ Carrys Kinn los und arbeitete sich zum Kamm des Hügels hinauf. Dort legte er sich auf den Bauch und spähte lange in die Richtung, aus der sie gekommen waren.

Er sah die dünne Staubspirale wie einen zitternden Rauchfinger. Und dieser Finger bewegte sich mit beängstigender Stetigkeit auf ihrer Spur.

Sie wurden verfolgt!

Natürlich wurden sie das. Die Krieger hatten ein blondes weißes Mädchen gesehen und ein erstklassiges Pferd, und die beiden wollten sie nun haben.

Außerdem ließ es wohl ihr Stolz nicht zu, daß ihnen ein Bleichgesicht entkam.

Kane spürte eine Gänsehaut auf seinem Rücken. Er besaß nichts weiter als ein Messer, einen Vorderlader-Revolver mit noch einer Ladung in der Trommel und ein ermüdetes Pferd. Kein Wasser, kein Futter für Belle und nichts zu essen für sich und Carry – einfach nichts. Nur noch die paar Schlucke Kaffee in der Flasche. Und rings umher nichts weiter als leere, beängstigende Wildnis, in der sich die Indianer so sicher wie Vögel in der Luft bewegten.

Kane hatte genug gesehen. Er kroch zu Carry hinab, die noch genauso verloren am Boden saß, wie er sie verlassen hatte.

»Wir müssen weiter!«

Als sie nicht reagierte, rüttelte er sie grob an der Schulter: »Hast du nicht gehört? Wir müssen fort. Sie sind hinter uns her, weil sie das weiße, blondhaarige Mädchen gern besitzen wollen.«

Das klang brutal, aber er sagte es, um sie aus ihrer Lethargie aufzurütteln. Es war, als ob er zu einem Stein spräche.

Belle war auf der Suche nach Futter abgewandert; ihr starkes Gebiß zermalmte das spärliche braune Büffelgras, das den Winter überstanden hatte, ebenso wie die grünen Hälmchen, die dazwischen sprossen. Als Kane sie lockte, kam sie sofort. Obwohl ermüdet, war ihr Feuer noch längst nicht erloschen. Ihre Augen glänzten, und ihre Nüstern schimmerten rötlich. Zärtlich rieb sie das weiche Maul an Kanes Ärmel.

»Gutes Pferd!« Er klopfte ihr den Hals, zäumte und zurrte den Sattelgurt stramm. Dann saß er auf und winkte dem Mädchen: »Komm, Carry.«

Sie erhob sich gehorsam, aber ihr Blick verriet immer noch nichts. Der schwere Überrock glitt von ihren Schultern.

»Du kannst ihn anziehen, dann wärmt er dich besser«, sagte Kane.

Sie fuhr in den Rock, ehe sie ihren linken Fuß auf seine Stiefelspitze stellte und sich mit seiner Hilfe hinter ihm aufs Pferd schwang.

»Halt dich gut fest, wir werden ziemlich hart reiten müssen«, murmelte Kane.

Er gab Belle die Zügel hin: »Lauf zu, Alte!«

Den Rest des Tages waren sie stetig unterwegs, teils galoppierend, dann wieder in einem ruhigen Trott, der die Entfernung fraß.

Wurde das Gelände rauh, stieg Kane ab, um Belles Kraft zu schonen. Aber jedesmal, wenn er hinter sich spähte, sah er die dünne Staubspirale näher.

Er spürte, wie der Hunger in seinen Eingeweiden zu wühlen begann. Sein Magen schmerzte. Auch Belles Schritte waren kraftloser geworden. Nur Carry sagte nichts. Sie klagte nicht, obwohl sie ebenso hungrig sein mußte wie er. Kein Wort kam über ihre Lippen. Versunken in jene dumpfe Betäubung, in die Schreck und Grauen sie versetzt hatten, schien sie überhaupt nicht wahrzunehmen, was mit ihr geschah.

Nie hatte Kane die Nacht mehr herbeigewünscht als heute. Der Tag schien sich endlos zu dehnen. Aber endlich sank die Sonne doch. Kane prägte sich noch einmal die Richtung ein, in welcher sie weitermarschieren mußten, ehe das Land in den Schatten der Abenddämmerung versank. Die Sterne begannen zu blitzen, und eine schmale Mondsichel hing gleich einer Silberschale am Himmel. Der Wind wurde steif und brachte Kälte mit.

Kane blieb im Sattel, bis Belle zu stolpern begann. Dann stieg er ab und führte sie noch ein Stück. Er besaß keine Uhr und konnte daher die Zeit nur schätzen, denn er hatte es nicht gelernt, sie am Stand der Gestirne abzulesen. Es mußte Mitternacht sein, als er im Windschatten einer Bodenfalte anhielt.

»Hier bleiben wir für den Rest der Nacht.«

Er hob Carry aus dem Sattel. Das Mädchen legte sich gleich auf die kalte Erde und schlief ein. Kane betrachtete sie, wie sie so dalag, klein und verloren, zusammengerollt wie eine Katze, das rußbefleckte, staubverkrustete Gesicht im Kragen seines pelzgefütterten Wetterrocks verborgen. Und plötzlich fragte er sich, ob es nicht besser für sie gewesen wäre, sie wäre zusammen mit ihrer Familie gestorben.

»Wenn wir Salt Lake City erreichen, muß ich sie sofort zu einem Arzt bringen«, sagte er zu sich selbst, um diesen furchtbaren Gedanken von sich abzuschütteln.

Belle schüttelte sich, daß die Steigbügel klatschend gegen ihren Bauch schlugen, denn sie fror in dem steifen Wind, nachdem sie naßgeritten worden war. Kane eilte zu ihr, nahm ihr den Sattel herunter und deckte sie mit der Unterlegdecke ein. Ein erkältetes Pferd war das Letzte, was er sich leisten durfte.

Er legte den Sattel wieder auf und gurtete ihn leicht an, damit die Decke nicht verrutschen konnte. Es war ein alter Trick, den man anwendete, wenn kein spezieller Deckengurt vorhanden war. Mit dem Lasso band er Belle danach an einem Busch fest. Sie würde nicht abwandern, das wußte er, denn dazu war sie viel zu müde und zu gut erzogen. Aber es konnten Raubtiere in der Nähe sein, Pumas oder Wölfe, die die Stute erschreckten und vor denen sie floh. Und wenn das geschah – wenn sie ihr Pferd verloren –, dann farewell, Frank Kane und Carry Dixon.

Ein schneidender Wind pfiff die Schlucht entlang. Kane fror, denn er hatte unter seinem Rock, in dem jetzt Carry schlief, nur ein Baumwollhemd, Hosen, Stiefel und Unterzeug getragen. Er besaß zwar Zündhölzer, und es gab auch Holz, aber er wagte es nicht, ein wärmendes Feuer zu entfachen. Zu deutlich erinnerte er sich an die düsteren Warnungen der Grenzer in Bridger's Fort, die behauptet hatten, jeder gutgeschulte rote Krieger wäre in der Lage, den Qualm eines Holzfeuers auf fünf Meilen zu riechen. Außerdem konnte der Flammenschein zum Verräter werden.

Frierend und mit den Armen um sich schlagend, stampfte er auf und ab, um sich zu erwärmen. Müdigkeit und Hunger höhlten ihn aus. Seine Beine zitterten vor Erschöpfung. Schließlich kauerte er sich neben Carry und kroch ganz dicht zu ihr hin, um sich an ihr zu wärmen. So schlief er endlich ein.

Er erwachte steif und durchgefroren. Carry hatte sich geregt. Sie stöhnte leise im Schlaf. Kane ahnte, welche Alpträume sie quälten.

Sanft streichelte er ihre Schultern, bis sie erwachte. In einem jähen Impuls klammerte sie sich an ihn, die Augen weit aufgerissen vor Entsetzen. Dann, ebenso plötzlich, ließ sie ihn los und sank in ihre stumpfe Abgeschiedenheit zurück.

Belle schnaubte im Gebüsch. Kane erhob sich und trat zu ihr.

»Was hast du denn? Warum bist du denn so nervös?«

Es war noch dunkel und kalt, und kein Laut war in der tiefen Stille der Nacht zu vernehmen. Und doch mußte etwas in der Nähe sein, was die Stute erregte. Mit geblähten Nüstern stand sie da, den feingemeißelten, nervigen Kopf erhoben, und ihre kleinen Ohren spielten.

Kane griff nach dem Revolver in seinem Gürtel. Ein kalter Schauer rieselte über seinen Rücken. Vielleicht war die Witterung eines Raubtiers Belle in die empfindliche Nase gefahren – vielleicht aber roch sie auch Indianer.

Bei diesem Gedanken brach Kane der kalte Schweiß aus allen Poren. Mit fliegenden Händen brachte er die Sattelung in Ordnung und streifte der Stute das Zaumzeug über den Kopf. Dann half er dem noch schlaftrunkenen Mädchen in den Sattel, und sie verließen die Schlucht.

Der Mond war längst untergegangen, und die Sterne verblaßten eben. In dieser Stunde vor der ersten Dämmerung schien die Dunkelheit noch tiefer und dichter zu werden. Kane stampfte zu Fuß neben seinem Pferd, um sich zu erwärmen, und hielt die Zügel mit den klammen Fingern seiner linken Hand, während er mit der rechten Carry stützte, die im Sattel schwankte.

Am Ende der Bodenfalte trat er in eine Ebene hinaus, deren Ausmaße er nur ahnen, aber nicht überblicken konnte. Sein Orientierungssinn war in der Finsternis längst verlorengegangen. Wo war Westen, die Richtung, in der Salt Lake City lag, das die Rettung bedeutete? – Er wußte es nicht.

Erst als der Himmel sich im Osten grau zu verfärben begann, gelang es ihm, sich wieder einigermaßen zurechtzufinden. Der Sonnenaufgang fand die Flüchtigen in einem Gebiet von erdrükkender Endlosigkeit und einsamer Öde. Kane gab Carry den letzten Schluck Kaffee. Für ihn blieb nichts.

Belle begann vor Durst den Reif von dem gefrorenen Gras zu lecken. Kane schnitt ein Stück von seinem Ledergürtel ab, steckte es in den Mund und kaute darauf herum, um den Speichelfluß anzuregen und das Hungergefühl zu betäuben. Er bot auch Carry davon an, aber sie schüttelte nur stumm den Kopf. Seitdem er mit ihr von der in Flammen stehenden Karawane weggeritten war, hatte sie kein Wort mehr mit ihm gesprochen.

Viel später an diesem Morgen stießen sie durch Zufall auf Wasser. Kane hatte eine Wachtel beobachtet, weil er wußte, daß diese Vögel nie lange ohne zu trinken auskommen konnten. Es war nur ein Schlammloch im Boden, in dem sich eine trübe Flüssigkeit gesammelt hatte, aber immerhin war es Wasser. Wahrscheinlich handelte es sich um eine alte Büffelsuhle; Kane kannte sich nicht so gut damit aus.

Er ließ Belle trinken, legte dann sein Halstuch über das Mundstück der Flasche, ehe er sie füllte, um dadurch den gröbsten Schmutz herauszufiltern. Als er sich aufrichtete, sah er die Indianer.

Sie hielten auf einem Kamm hinter ihm und spähten zu ihm herunter. Als sie bemerkten, daß sie entdeckt worden waren, stießen sie spitze, hohe Schreie aus und trieben ihre Ponys zum Galopp an.

Kane fiel vor Schreck die Flasche aus der Hand. Er hatte mit einer Verfolgung gerechnet, aber daß sie ihm schon so nahe waren, daran hatte er nicht geglaubt.

Ein langer Sprung brachte ihn in Belles Sattel. Er riß Carry, die apathisch neben der Schlammpfütze stand, hinter sich aufs Pferd und gab der Stute den Kopf frei. Sofort schoß sie mit der Geschwindigkeit einer Kanonenkugel davon.

Kane führte mit der linken Hand die Zügel, während er mit der rechten hinter sich griff, um Carry festzuhalten. Sie schmiegte sich an ihn, und ihre Arme schlangen sich wieder um seine Hüften, aber er traute ihr nicht mehr zu, daß sie auch wirklich begriff, um was es ging. Wenn sie sich einfach fallenließ . . . Er wagte nicht, diesen Gedanken zu Ende zu denken.

Ein paar Schüsse krachten trocken über die Ebene, aber die Kugeln zwitscherten weit vorbei. Kane hörte das Schnarren einer

Bogensehne und drehte sich im Sattel. Der Pfeil bohrte sich schon weit hinter ihm in den steinharten Boden. Gleich darauf war Belle auch außerhalb der Tragweite der Gewehre. Das Geheul der Verfolger wurde dünner und bekam einen enttäuschten Klang.

Kane beugte sich im Sattel nach vorn und klopfte Belle den Hals: »Gutes altes Mädchen! Gib ihnen Staub zu fressen, Lady!«

Weit vor sich sah er eine Hügelkette auftauchen, die die Ebene zu begrenzen schien. Davor befand sich eine dunkle, gezackte Linie, Buschwerk oder etwas Ähnliches. Auf alle Fälle verhieß es Schutz und Deckung. Belle jagte in voller Karriere darauf zu.

Plötzlich tauchte rechts von Kane ein zweiter Indianertrupp aus einer Bodenfalte auf. Es waren sechs Krieger, und sie versuchten, ihm den Weg abzuschneiden. Ihre kleinen Mustangs gingen in atemberaubenden Tempo.

Kane spürte sein Herz in der Kehle klopfen. Er wollte Belle nach links werfen – und zügelte sie hart, als auch dort ein Rudel von greulich bemalten Kriegern hinter einem flachen Hügel hervorbrach.

Ausgespielt! – schoß es ihm durch den Kopf.

Die unerbittlichen Verfolger rechts, links und hinter sich, blieb ihm nur noch ein einziger Ausweg: der nach vorn. Alles lief darauf hinaus, ob Belle, müde und hungrig wie sie war, mit doppelter Last im Sattel das Rennen gegen die ausgeruhteren Mustangs durchzustehen vermochte.

Kane machte sich leicht im Sattel. Die beiden zuletzt aufgetauchten Kriegertrupps jagten von den Seiten auf ihn zu und versuchten, ihm den Weg abzuschneiden. Und die in seinem Rücken hatten die Verfolgung auch wieder aufgenommen. Seine Chancen standen schlecht. Besser gesagt: sie standen miserabel.

Er feuerte Belle mit kurzen, scharfen Zurufen an, auf die sie immer noch reagierte. Aber schon hatte sie ihre Leichtfüßigkeit verloren. Schon wurden ihre Galoppsprünge kürzer. Ihr Atem begann zu rasseln. Weißer Schaum flockte ihr ums Maul, und Schweiß troff ihr unter dem Bauch herunter.

Kane sah die dunkle, gezackte Linie und die Hügelkette dahinter näher kommen. Er hatte keine Ahnung, ob sie die Rettung bedeuteten oder nicht. Es kam auch nicht mehr darauf an. Zwar blieben die Verfolger rechts und links noch einmal zurück, aber sie gaben nicht auf – jetzt nicht mehr, denn sie mußten erkannt haben, daß das Pferd des weißen Mannes am Ende seiner Kräfte war. Sie blieben Kane auf den Fersen, schreiend wie die Teufel, aber sie vergeudeten keine Kugel mehr an ihn. In ihren Augen war er ihnen schon sicher.

Er und die blonde Squaw, die Frau mit den goldenen Haaren. Es würde ein Vergnügen sein, seinen Schreien zu lauschen, wenn man ihn zu Tode quälte. Und ein noch größeres Vergnügen würde es bereiten, die Decke mit der goldhaarigen Squaw zu teilen.

Rasselnd kam der Atem aus Belles Kehle. Kane sah die Adern an ihrem Hals dick wie Stricke hervortreten. Er wußte, daß die Stute laufen würde, bis sie tot umfiel. Das war Vollblut-Charakter.

Plötzlich gewahrte er an einem der Hügel Bewegung. Sein Herzschlag setzte für einen Moment aus. Noch mehr Indianer? – Dann erkannte er, daß es weiße Männer waren, denn sie trugen Hüte und helle Hemden und waren mit einer Arbeit am Fuße des Hügels beschäftigt.

Kane zog den Revolver und feuerte seinen letzten Schuß in die Luft ab, um sie auf sich aufmerksam zu machen. Danach warf er die nun nutzlose Waffe fort.

Die Männer stellten ihre Arbeit ein und spähten zu ihm her. Dann begannen sie, heftig mit den Armen zu winken, um ihn auf etwas aufmerksam zu machen, was er noch nicht sehen konnte. Zwei liefen nach ihren Gewehren, die sie zu einer Pyramide zusammengesetzt hatten. Die Entfernung war noch immer groß, obwohl sie stetig zusammenschrumpfte, und es war Kane unmöglich, zu erraten, was sie meinten.

Auch die Krieger hatten jetzt die Weißen entdeckt. Sie begannen wieder zu schießen und ihre Mustangs mit schrillen Schreien anzutreiben. Kane hörte die Kugeln um seine Ohren pfeifen.

Die dunkle Linie flog näher. Es war ein Buschgürtel, wie Kane ganz richtig vermutet hatte. Belle brach mit stampfenden Hufen hindurch – und prallte so urplötzlich zurück, daß Kane gegen das Sattelhorn katapultiert wurde. Und dann sah er, mühsam seinen

Sitz zurückgewinnend, was es war, worauf ihn die Männer aufmerksam machen wollten.

Gleich hinter den Büschen spaltete ein tiefer Erdriß den Boden. Unübersehbar weit, und in einer Breite von mindestens zwanzig Fuß dehnte er sich nach beiden Seiten hin. Aus seiner Tiefe wehte es kalt herauf. Kane spürte eisiges Entsetzen in sich aufsteigen.

Selbst in ihrer besten Verfassung hätte Belle einen solchen Sprung kaum zu schaffen vermocht. Jetzt war sie ermüdet, trug doppelte Last – es war unmöglich.

Die Krieger, die das Land besser kannten als er, schienen zu wissen, warum er angehalten hatte. Ihr Geschrei bekam einen triumphierenden Ton.

Zwei der weißen Männer lösten sich aus der Gruppe und rannten mit rudernden Armen Kane entgegen. Die anderen waren niedergekniet und feuerten auf die wie der Sturmwind heranbrausenden Krieger. Aber noch waren Hinterlader- und Repetiergewehre so gut wie unbekannt, und in dieser Ära des umständlichen Ladens mit Pulverhorn, Rundkugel, Ladestock und Zündhütchen brachten sie nur ein paar dürftige Schüsse heraus, von denen sich die Indianer nicht zurückschrecken ließen.

Kane warf einen Blick auf die schreckliche Kluft und einen zweiten hinter sich auf die unerbittlichen Verfolger. Viel Zeit blieb ihm nicht mehr. Er erinnerte sich daran, was die Grenzer in Fort Bridger von der Grausamkeit der Rothäute berichtet hatten. Dann doch lieber das Unmögliche versuchen, als von ihnen bei lebendigem Leibe die Haut abgezogen zu bekommen. Er riß Belle herum und trieb sie ein Stück zurück.

»Festgehalten!« schrie er Carry zu, denn er brauchte jetzt beide Hände für die Zügel.

Belle zog sich wie eine Katze vor dem Sprung zusammen. Sie scheute nicht vor dem Abgrund zurück, wie es viele andere Pferde getan hätten. Noch einmal schien sie in ihren tief untergesetzten Hinterbeinen alle Sprungkraft zu sammeln, die Züchtung und Rasse ihr verliehen hatten.

»Los, Alte!« feuerte Kane sie an, saß tief ein und gab ihr den Kopf frei. Die beiden Weißen, die ihm entgegengerannt waren, blieben steif wie Salzsäulen stehen, als sie seine Absicht erkannten – und hinter ihm war das Geheul der Krieger verstummt.

Belle schoß los, ihre Hufe klapperten wie Kastagnetten auf dem harten Boden. Kane sah den Rand der Schlucht auf sich zurasen. In wenigen Sekunden würden sie alle drei entweder lebend drüben ankommen oder zerschmettert in der schwarzen Tiefe liegen.

Er konnte nicht mehr denken. Ganz automatisch machte er sich leicht im Sattel, als Belle abdrückte. Sie flog durch die Luft wie ein Pfeil, mit langem Hals und hingegebenen Zügeln. Und dann landete sie fest und sicher auf der anderen Seite, machte noch zwei – drei Galoppsprünge und blieb mit hängendem Kopf stehen.

»Heavens, welch ein Sprung!« schrie einer der Männer, die aus ihrer Erstarrung erwachten.

Kane saß wie betäubt im Sattel, immer noch unfähig daran zu glauben, daß er noch lebte. Er spürte Carrys Arme wie Stahlklammern an seinen Hüften.

»Es ist vorbei, Mädchen«, krächzte er, aber sie gab keine Antwort.

Drüben, jenseits der Schlucht, hielten die Indianer in breiter, stummer Front. Niemand schrie, und kein Schuß knallte mehr. Weder von der weißen noch von der roten Seite. Alle waren Zeugen einer Leistung von Roß und Reiter geworden, die sie aufs tiefste beeindruckte. Denn jeder hier draußen, ob Bleichgesicht oder Rothaut, war mit Pferden und ihrem Leistungsvermögen vertraut.

Schließlich löste sich ein Krieger aus der Gruppe der anderen und ritt nahe an die Schlucht heran. In seinem hochgetürmten Haarschopf steckten zwei Adlerfedern, er schien der Anführer zu sein.

Er stieß seine Lanze mit der Spitze nach unten in den Boden zum Zeichen, daß er Frieden wollte.

»Bin gespannt, was er uns zu sagen hat«, murmelte einer der beiden Weißen, die bei Kane standen.

Der Krieger deutete auf den Abgrund vor sich, dann auf Kane und dessen Pferd. Dabei rief er etwas, was Kane nicht verstand. Seine Stimme drückte Respekt und Hochachtung aus. Zuletzt legte er die rechte Hand auf seine Brust, hob sie an die Stirn und wendete seinen Mustang. Gleich darauf war das ganze Rudel verschwunden – hatte sich aufgelöst wie Rauch im Wind.

»Uff!« knurrte der Weiße, der bisher als einziger gesprochen hatte. »Jetzt haben Sie Ihren Kriegsnamen weg. Wissen Sie, wie er Sie genannt hat?«

»Ich habe kein Wort verstanden«, gab Kane zu.

»Teufelsreiter! Ein Teufelsreiter auf einem Teufelspferd. Er sagte, er wolle nie wieder gegen Sie kämpfen, denn Sie würden vom Großen Geist beschützt.«

»Es war eine großartige Leistung – von einem großartigen Reiter auf einem großartigen Pferd«, stimmte der zweite Mann zu.

Kane wandte den Kopf und sprach sanft über seine Schulter: »Es ist vorbei, Carry, wir haben es geschafft.«

Sie rührte sich nicht; gab auch keine Antwort, und ihre Arme hielten ihn immer noch fest umschlungen.

»Helft ihr herunter«, sagte Kane leise zu den beiden Männern. »Ihre Eltern sind gestern bei einem Überfall ums Leben gekommen. Ihr Geist ist noch ein wenig verwirrt.«

»Kommen Sie, Miß, Sie sind in Sicherheit«, murmelte der erste Sprecher, ein älterer kleiner Mann mit einem dunklen Van-Dyke-Bart und dichten graumelierten Koteletten.

Er griff nach Carry. »Hilf mir, Nick«, sagte er zu dem anderen Mann.

Aber ihre Arme wollten Kanes Hüften nicht loslassen, und sie mußten fast Gewalt anwenden, um sie vom Pferd zu heben. Dann lag sie auf der Erde, die Augen geschlossen und einen Blutfleck am Mundwinkel. Die beiden Männer schauten Kane betreten an.

»Was ist mit ihr?« wollte er wissen.

Der mit dem Bart zuckte nur stumm mit den Schultern und wandte sich ab. Auch der zweite sprach kein Wort.

Kane sprang aus dem Sattel. Seine Beine zitterten vor Erschöpfung, als seine Fußsohlen auf die Erde prallten. Er spürte nichts davon.

»Carry –!«

Er warf sich neben dem Mädchen auf die Knie. Ihr Gesicht war so bleich wie frischgefallener Schnee. Und da gab es diesen Blutfleck an ihrem Mund ...

»Hörst du mich, Carry?« rief Kane.

Der bärtige Mann trat neben ihn und legte ihm die Hand auf die Schulter.

»Fassen Sie sich, mein Junge«, sagte er leise. »Sie kann Sie nicht mehr hören, denn sie ist tot.«

Er bückte sich und drehte Carry um. Ihr Rücken war in Blut gebadet.

»Sie hat nicht leiden müssen. Die Kugel hat sie so überraschend getötet, daß ihre Arme noch nicht einmal Zeit fanden, sich von Ihren Hüften zu lösen.«

Kane fühlte, wie ihm die Tränen heiß in die Augen schossen.

»Carry . . .!« weinte er.

Und dann brach er zusammen.

III

Carry Dixon, deren Geist schon gestorben war, als ihre Familie niedergemetzelt wurde, wurde noch am selben Tag zur letzten Ruhe gebettet. Kane zimmerte aus zwei Kistenbrettern ein plumpes Kreuz und pflanzte es an das Kopfende des Grabes. Mit einem Bleistift hatte er darauf geschrieben, was er von der Toten wußte: »Carry Abigail Dixon aus Ohio, gestorben am 23. März 1860.«

Von den Männern, es waren sieben, trat einer nach dem anderen heran und streute eine Handvoll Erde auf das Grab.

»Hier wird sie es hören können, wenn die flüchtigen Hufe des Pony Express vorbeidonnern«, sagte einer von ihnen.

»Solange unser Kurierdienst besteht, wird sie niemals allein sein«, vollendete ein zweiter.

Der mit dem Van-Dyke-Bart, der auf den Namen Bolivar hörte, las einen Psalm aus der Bibel vor und sprach ein Gebet. Danach kehrten alle an ihre Arbeit zurück, die darin bestand, eine Art Unterschlupf in einen Hügel zu graben; ein ›dugout‹, wie sie es nannten.

Kane blieb allein. Er setzte sich auf einen Stein und starrte auf das Grab. War es Schicksal, daß Carry zuguterletzt noch von einer Kugel getroffen worden war? Hatte es eine gütige Fügung verhüten wollen, daß sie den Rest ihres Lebens in stumpfem Dahindämmern verbrachte?

Es wurde dunkel, und Kane saß immer noch an der gleichen Stelle. Die Männer hatten ihn mit Nahrung und Kaffee versorgt und Belle abgerieben und gefüttert. Trotz ihrer Fürsorge fühlte er sich leer, ausgebrannt – wie schon erstorben. Alle, die er gekannt und geliebt hatte, waren tot. Plötzlich wünschte er sich, er wäre nicht verschont geblieben.

Die Männer hausten in zwei großen Zelten, deren Leinwandplanen wie gelbe Flecke in der düsteren Ödnis aufzuleuchten begannen, als sie die Lampen anzündeten. Einer bezog Posten auf der Spitze des Hügels, an dessen Fuß sie lagerten. Kane fragte sich, an was sie wohl arbeiteten. Er hatte den Namen Pony Express gehört, aber der sagte ihm nichts.

Bolivar trat aus einem der Zelte und kam zu ihm. Er legte Kane die Hand auf die Schulter.

»Es hat keinen Sinn, hier draußen herumzusitzen und über etwas zu grübeln, was nicht mehr zu ändern ist«, sagte er mit leiser Stimme. »Mein Junge, Sie leben noch, und das allein zählt.«

»Aber Sie verstehen nicht . . .« brauste Kane auf.

Der Druck von Bolivars Hand verstärkte sich: »Ich verstehe sehr gut. Sie haben Ihr Leben aufs Spiel gesetzt, um das Mädchen zu retten, aber das Schicksal war stärker als Sie. Es sollte so sein. Wir alle stehen in der Hand eines Mächtigeren, dessen Entscheidungen oft unverständlich für uns sind. Sie sind jung und lehnen sich deswegen noch dagegen auf. Wenn Sie erst einmal älter geworden sind, werden Sie erkennen, wie weise die Vorsehung oft mit uns Menschen umgeht.«

Kane dachte darüber nach. Vielleicht hatte Bolivar recht. Vielleicht war die Kugel, die Carry getroffen hatte, wirklich gnädig gewesen und hatte sie nur vor einem viel schlimmeren Schicksal bewahrt.

»Kommen Sie, es wird eine kalte Nacht«, murmelte Bolivar.

Kane erhob sich und folgte ihm. Das Zelt, in das er geführt wurde, war groß und behaglich eingerichtet. Ein kleiner eiserner Prärie-Ofen, der Büffeldung ebenso verdaute wie Torf, Reisig oder feuchtes Holz, glühte rot und spendete wohltuende Wärme. Zwei Männer saßen an einem Klapptisch und verzehrten ihr Abendessen.

Bolivar übernahm die Vorstellung: »Mister Nick Colby, Mister Joe Hammer. – Und wie lautet Ihr Name, mein Junge?«

»Ich heiße Kane«, sagte Kane. »Frank Kane und komme aus Kentucky.«

Colby war der Mann, den er schon kannte; er war derselbe, der ihm heute mit Bolivar zur Schlucht entgegengelaufen war. Er mochte vierzig Jahre alt sein, und für Kane, der erst neunzehn zählte, bedeutete das ein hohes Alter.

Colby war untersetzt, breitschultrig und sah kräftig aus. Seine Haare und sein Bart schimmerten rötlich. Hammer ähnelte ihm sehr, nur besaß er sandfarbenes Haar und einen struppigen Oberlippenbart. Allen diesen Männern schien etwas gemeinsam zu sein: Zähigkeit, Ausdauer und eiserner Wille, der sie ein einmal gestecktes Ziel unter allen Umständen erreichen ließ.

Bolivar goß goldfarbenen Whisky aus einer Flasche in einen Zinnbecher und hielt ihn Kane hin: »Trinken Sie erst einmal, das wird Ihnen wieder auf die Beine helfen. Und dann erzählen Sie uns, was sich zugetragen hat – falls Sie sich dazu in der Lage fühlen, selbstverständlich.«

Kane trank gehorsam. Der starke Whisky verwandelte seinen Magen in einen warmen Ball. Er spürte, wie seine verkrampften Muskeln sich lockerten und die ungeheure Anspannung seiner Nerven nachließ.

Colby schob ihm einen Schemel zu. »Setz dich, mein Junge«, sagte er dabei leise, »und dann rede es dir von der Seele runter. Glaub mir, es erleichtert das Herz.«

Kane trank noch einmal, und dann begann er zu berichten. Was er zu erzählen hatte, war eine alltägliche Tragödie des California Trails.

Als er geendet hatte, herrschte eine Weile Stille. Dann ergriff Colby das Wort: »Ich war heute noch mal draußen und hab den Sprung nachgemessen. Beinahe zwanzig Fuß! – Ich kenne keinen anderen Reiter, der das geschafft hätte.«

»Und auch kein anderes Pferd«, ergänzte Hammer, während er sich seine Tabakspfeife stopfte.

Siedendheiß fiel Kane seine Stute ein.

»Wo ist Belle?« fuhr er auf.

»Im Corral bei unseren Pferden. Gefüttert, getränkt und gut

bewacht. Um sie brauchst du dich nicht zu sorgen«, erwiderte Colby.

Kane starrte auf den Eingang des Zeltes. Er dachte an Carry in ihrem einsamen Grab. Wieder sah er ihr bleiches Antlitz vor sich und den Blutfleck an ihrem Mund.

»Es waren Utes, nicht wahr? In Fort Bridger sind wir vor ihnen gewarnt worden. Hätten wir nur auf die Leute gehört ...«

Die drei Männer wechselten einen Blick. Dann sagte Bolivar: »Nein, es waren keine Utes. – Paiutes sind es gewesen.«

»Paiutes?« murmelte Kane verstört. Er hatte keine Ahnung von Indianern.

Colby nickte.

»Well. – Das ist ein Stamm von etwa sechstausend Seelen, der viel weiter westlich zu Hause ist; in Nevada, so um den Pyramid Lake herum. Daß sie sich so weit nach Osten wagen, sieht ihnen nicht ähnlich. Und ich wette, es hat nichts Gutes zu bedeuten.«

»Schätze, sie haben Wind von unserer Sache bekommen«, brummte Hammer, während er seine Pfeife am Stiefelabsatz ausklopfte und frisch stopfte.

Kane horchte auf. Er hatte sich immer schon gefragt, was diese Männer hier draußen, in dieser gottverlassenen Ödnis, wollten. Sie schienen eine Art von Hütte in den Hügel zu graben. Aber warum? Zu welchem Zweck?

»Von welcher Sache?«

»Pony Express«, erwiderte Bolivar knapp.

Da war es wieder, dieses Wort, das Kane schon einmal gehört hatte.

»Was ist das?« wollte er wissen.

»Heavens, er hat noch nichts vom Pony Express gehört!« bellte Colby. »Wie lange bist du eigentlich unterwegs gewesen, Junge?«

»Wir sind voriges Jahr im Juni von Independence aufgebrochen.«

»Kein Wunder, daß er nichts von uns weiß«, sagte Hammer.

Bolivar, der seinem Auftreten nach und gemessen an der Art, wie er von den anderen Männern behandelt wurde, einen höheren Rang bekleiden mußte, ergriff das Wort.

»Wir arbeiten an einer Schnellpostverbindung zwischen St. Joseph in Missouri und Sacramento in Kalifornien. Junge, leichte und zähe Reiter auf flinken ausgesuchten Pferden, die alle zehn bis zwanzig Meilen gewechselt werden, sollen wichtige Dokumente, Regierungserklärungen, Kreditbriefe und dringende Geschäftspost in zehn Tagen quer durch das Herz unseres Kontinents befördern – auf einer Strecke von fast zweitausend Meilen. Das ist unser Plan.«

»Unmöglich!« platzte Kane heraus.

Bolivar lächelte schwach.

»Warum unmöglich? Vor vielen hundert Jahren, zur Zeit des großen Dschingis Khan, hat es in Asien schon einmal eine ähnliche Eilpost gegeben. Und was diese heidnischen Barbaren vermochten, werden wir mit Gottes Hilfe auch schaffen.«

»Mir scheint, Sie verlassen sich dabei ein wenig zuviel auf den lieben Gott, Mister Bolivar«, meinte Hammer trocken.

»Still, Joe!« rügte Bolivar.

Er blickte Kane an: »Unsere Nation fordert schon lange eine schnellere Verbindung zwischen der Ost- und der Westküste, denn die Postkutschen benötigen immer noch einundzwanzig Tage. Da kamen die Gentlemen Russell, Majors und Waddell auf die Idee mit dem Pony Express; sie sind die Initiatoren unserer Gesellschaft, ihre Gründer und Geldgeber. Mir untersteht als Superintendent, das heißt Oberaufseher, die Sektion Julesburg bis Carson City. Ich habe für die Bereitstellung von Reitern, Pferden und Ausrüstung sowie zur Einrichtung der entsprechenden Stationen zu sorgen. Können Sie mir folgen?«

Kane nickte stumm. Langsam begann er zu begreifen.

»Die genaue Länge der Strecke beträgt eintausendneunhundertundachtzig Meilen«, fuhr Bolivar fort, wobei Stolz in seiner Stimme aufklang, »und wir haben an ihr einhundertneunzig Stationen einrichten müssen. Teilweise konnten die Stützpunkte der Postkutschenlinie, Armee-Forts und Niederlassungen der Pelzhandelskompanie mit einbezogen werden, zum größten Teil mußten sie aber ganz neu gebaut werden – wie diese hier, die wir morgen fertigstellen werden. Die Route unserer Reiter führt durch baumlose Prärien, durch Wüsten, Steppen und über Gebirge hinweg, und wir haben die Stationen mit dem gebaut, was das Land bot: in Baumzonen aus Holz, in der Savanne aus Grassoden – oder wir haben sie ganz einfach in eine Bodenerhebung gegraben wie hier. In zehn Tagen, am dritten April, wird der erste Kurier in St. Joseph aufbrechen. Zur gleichen Zeit wird in Sacramento die Post nach Osten auf den Weg geschickt. Achtzig auserwählte Reiter und fünfhundert der besten Pferde, die unser Kontinent aufzubieten hat, stehen bereit. Nichts wird uns aufhalten – weder Wegelagerer noch räuberische Indianer oder ein Blizzard in den Bergen. Unser Leitsatz heißt: ›Die Post muß durchkommen!‹«

Kane wirbelte der Kopf. Er schaute Bolivar an. Der Mann glaubte an das, wovon er sprach. Es war, wenn man es richtig betrachtete, eine große Sache.

»Der Pony Express und seine Reiter werden eines Tages ein untilgbarer Teil der amerikanischen Geschichte sein«, sagte Bolivar leise.

»Amen, Sir, amen«, brummte Colby.

Hammer hob sein Glas und nickte den anderen zu: »Auf den Pony Express!«

»Auf den Pony Express!« erwiderten Bolivar und Colby wie aus einem Munde und leerten ihre Gläser.

Kane hätte nicht ein noch ganz junger Mann sein müssen, wenn er nicht von dem Abenteuer fasziniert worden wäre.

»Erzählen Sie mir mehr davon«, bat er.

»Well.« – Bolivar stellte sein Glas auf den Klapptisch zurück: »Natürlich müssen unsere Reiter auch rasten und schlafen. Darum haben wir alle fünfundsiebzig bis hundert Meilen, je nach Beschaffenheit des Geländes, größere Stützpunkte eingerichtet, die wir ›home stations‹ nennen. Dort wird der Kurier abgelöst und kann sich ausruhen, bis die Post aus der Gegenrichtung eintrifft. Dazwischen liegen die kleineren sogenannten ›swing stations‹, auf denen nur die Pferde gewechselt werden. Mister Colby, Mister Hammer und alle die anderen Männer hier werden eine dieser Stationen übernehmen. Unsere Reiter sind angewiesen, immer im höchsten Tempo zu reiten. Kampf ist nicht ihre Aufgabe. Die Pferde, die wir ihnen zur Verfügung stellen, sind so erstklassig, daß sie jedem Indianer-Mustang davonlaufen können. Um den Zeitverlust auf den Swing-Stationen so niedrig wie möglich zu halten, hat Mister Russell von dem berühmten Sattelmacher Landis in St. Louis die ›mochila‹ entwickeln lassen. Das ist eine Lederschabracke mit vorn einem Loch für den Sattelpummel und hinten einem Schlitz für den Sattelkranz. Auf jeder Seite der Mochila befinden sich zwei ›cantinas‹, lederne rechteckige Boxen, für die Post. Beim Pferdewechsel wird einfach die Mochila von einem Pferd heruntergenommen und auf den Sattel des anderen geschwungen, daher die Bezeichnung ›swing station‹. Das geht sehr schnell, wie ich selbst ausprobiert habe. Der Kurier sitzt also während des Rittes praktisch auf der Post. Für jeden Pferdewechsel werden ihm zwei Minuten zugestanden, eine Zeitspanne, die durchaus genügt, um die Mochila auf das frische Pferd zu legen, während der Reiter einen Schluck Wasser trinkt und die Trommel seines Revolvers überprüft, bevor er wieder in den Sattel springt.«

»Springt! – nicht aufsitzt wie gewöhnlich, hat Mister Bolivar gesagt«, meinte Colby grinsend.

»Alles, so auch das Aufsitzen, ist auf das Einsparen von möglichst viel Zeit ausgelegt«, erläuterte Bolivar. »Unsere Reiter müssen in der Lage sein, sich mit den Händen am Horn, ohne die Bügel zu benutzen, auf das angaloppierende Pferd zu schwingen. Trauen Sie sich das zu?«

»Natürlich, Sir«, antwortete Kane. Daheim war es für ihn und die anderen Jungen ein oft geübter Sport gewesen, auf diese Art in den Sattel zu springen.

Colby zwinkerte Bolivar zu. »Ich glaube, ich weiß, worauf Sie hinauswollen.«

Er wandte sich an Kane: »Wie alt bist du, Junge?«

Kane verstand den Sinn dieser Frage nicht. »Neunzehn«, erwiderte er.

»Und ich wette, du wiegst mit Haut und Haaren nicht mehr als hundertzehn Pfund«, schnaufte Colby. »Und wie du reiten kannst, das hast du uns heute ja bewiesen.«

»Das stimmt«, ergänzte Hammer. »Worauf warten Sie noch, Mister Bolivar? Der Junge ist geradezu dafür geboren, für den Pony Express zu reiten. Ich wette, Sie fänden keinen besseren als ihn.«

»Wir zahlen fünfundzwanzig Dollar in der Woche«, sagte Bolivar. »Bei freier Kost und Unterkunft natürlich.«

Jetzt erst erkannte Kane, daß es ein Angebot sein sollte. Sein Blick glitt von einem zum anderen.

»Sie meinen – Sie glauben –, also Sie denken, daß ...«, stotterte er.

»Wir denken, daß hundert Dollar im Monat ein ganz schöner Haufen Geld sind, über den es sich nachzudenken lohnt«, unterbrach ihn Colby.

Das wußte Kane. Er lebte in einer Zeit, in der ein Mann üblicherweise nicht viel mehr als einen Dollar pro Tag verdiente. Und da war außerdem noch das Abenteuer! Das Reiten in die Geschichte!

»Eines Tages, wenn Sie alt geworden sind und der Pony Express längst der Vergangenheit angehört, werden Ihre Enkel Sie danach fragen«, murmelte Bolivar. »Und dann können Sie ihnen sagen, daß Sie dabeigewesen sind.«

»Aber was wird aus Belle, meinem Pferd?« fragte Kane.

»Das könnte ich Ihnen abkaufen. Nennen Sie mir den Preis?«

Kane schüttelte den Kopf.

»Belle ist nicht verkäuflich, Sir!«

Bolivar schloß halb die Augen und begann, mit den Fingern auf der Tischplatte zu trommeln. Er schien über ein Problem nachzugrübeln.

»Was hältst du von der Stute, Nick?« wandte er sich an Colby.

»Oh, die ist mindestens ebenso in Ordnung wie ihr Reiter«, grinste Colby. »Zwar jetzt ein wenig abgetrieben, aber sonst all right. Reinstes Kentucky-Vollblut. Ein erstklassiger Renner für die Ebene, aber in den Bergen nicht so gut zu gebrauchen.«

»Belle ist auch im Gebirge gut!« protestierte Kane.

»Natürlich, Junge. Aber in flachem Gelände ist sie einfach besser«, beschwichtigte ihn Colby.

Bolivar sagte: »Mister Colby ist ein Mann mit Pferdeverstand; er gilt als Kapazität bei uns, und niemand wagt es, sein Urteil anzuzweifeln. Nun, ich glaube, ich könnte eine Lösung finden. Kane, wären Sie bereit, für uns zu reiten, wenn ich Ihre Stute ebenfalls mit anwerben würde?«

»Sie meinen – Belle und mich?« platzte Kane heraus.

Bolivar nickte lächelnd.

»Da Sie sich ja nicht von ihr trennen wollen, ich Sie aber andererseits gern für den Pony Express haben möchte, muß ich euch wohl alle beide nehmen. Ich könnte euch im Carson-Becken einsetzen. Das ist zwar eine teuflisch heiße und staubige Gegend, aber Ihre Stute wäre dort in der Lage, ihre volle Geschwindigkeit auszuspielen. Und darauf allein kommt es an.«

Er machte eine Pause, ehe er fortfuhr: »Belle bekommt natürlich freie Station wie Sie, und ich werde bei Mister Russell durchsetzen, daß wir weitere dreißig Dollar pro Monat für Ihr Pferd an Sie zahlen. Wären Sie damit einverstanden?«

Kane schloß die Augen. Gestern morgen, beim Aufbruch aus dem Wagencamp, hatte er keine Zukunft mehr für sich gesehen, und nun das! Es kam ihm wie ein Traum vor. Gleich würde er erwachen, und dann . . .

»Junge, worauf wartest du noch? Ein solches Angebot bekommst du nie wieder«, drang Colbys Stimme zu ihm her.

Er öffnete die Augen, sah das Zelt; die drei Männer, die ihn beobachteten. Nein, es war kein Traum.

»Ich nehme an.« – Er vernahm seine eigene Stimme wie aus weiter Ferne.

»Halleluja!« schrie Colby. »Darauf müssen wir einen trinken.«

Er zog die Whiskyflasche unter dem Tisch hervor und füllte die Gläser. Dabei zwinkerte er Bolivar zu, als er dessen mißbilligenden Blick bemerkte.

»Nur noch den einen. Die Herren Russell, Majors und Waddell können es ja nicht sehen.«

Dann klopfte er Kane auf die Schulter: »Willkommen im Kreis der Auserwählten, mein Junge.«

»Danke«, murmelte Kane verwirrt, »danke.«

»Kannst du mit einem Revolver umgehen?« fragte Hammer.

Kane schüttelte den Kopf.

»Nein, ich habe nur ein Gewehr besessen. Bei uns in Kentucky brauchte man keinen Revolver.«

»Das ist hier draußen anders.« Hammer starrte in sein Glas. »Jeder von unseren Reitern wird mit einem 1851er Navy-Colt zur Selbstverteidigung ausgerüstet. Ein Gewehr würde das Pferd zu sehr belasten.«

Kane dachte an O'Dowells Colt. »Ich habe schon mit einem Revolver geschossen«, sagte er. »Und auch getroffen. Es war aber mehr Zufall, glaube ich.«

»Du wirst's schon lernen«, meinte Colby. »Und wenn du so gut schießt wie du reitest – well, Junge, dann wird dein Name sehr rasch bekannt sein. Gute Gewehrschützen gibt es viele; Gents, die erstklassig mit einem Sechslader umgehen können, sind dagegen dünn gesät.«

Bolivar zog seine silberne Taschenuhr aus der Westentasche und warf einen Blick darauf.

»Zeit zum Schlafengehen. Ich werde mit der nächsten Postkutsche nach Julesburg zurückkehren und Kane mitnehmen, um ihn Mister Majors vorzustellen.«

Als er Kanes erstaunten Blick bemerkte, fuhr er fort: »Mister Majors ist einer der drei Gründer des Pony Express. Er will jeden, der sich bei uns bewirbt, persönlich kennenlernen.«

»Nur keine Angst, Junge«, grinste Colby. »Ich kenne Alex Majors auch ganz gut. Den Kopf reißt er dir nicht runter.«

»Ich habe keine Angst«, murmelte Kane.

Bolivar legte ihm die Hand auf die Schulter: »Sie müssen das verstehen. Die Herren Russell, Majors und Waddell haben ihr gesamtes Vermögen in den Pony Express investiert. Einen Fehlschlag dürfen wir uns nicht leisten, denn einmal wären wir dadurch wirtschaftlich ruiniert, zum anderen ruhen die Augen unserer gesamten Nation auf uns. Die Überwindung der Wildnis durch eine berittene Eilpost! – Das ist eine Tat von einer solchen gewaltigen historischen Tragweite, daß nur die Besten von uns ausgewählt werden: junge, kühne, ehrgeizige Männer, moralisch gefestigt und den Tod verachtend, die glänzendsten Reiter, die unser Land aufzubieten hat. Aber wenn ich Mister Majors berichte, was ich heute mit eigenen Augen an Reitkunst gesehen habe, wird er auf die üblichen Prüfungen verzichten.«

»Und was wird aus Belle?«

»Um die wird sich Mister Colby kümmern. Keine Sorge, mein Junge, bei ihm ist sie in guten Händen. Er gilt bei uns als Experte, der Mann mit dem besten Pferdeverstand. Sobald Sie von Julesburg zurückkommen, werden Sie ihn und Ihre Stute auf einer Station im Carson-Becken finden.«

Am nächsten Tag vollendete die Arbeitsgruppe den Bau der Station und brach nach Westen auf, während Bolivar und Kane die Postkutsche bestiegen, die sie nach Julesburg brachte. Es wurde für Kane ein schwerer Abschied von Belle.

In Julesburg wurde er Alexander Majors vorgestellt und auf Bolivars Fürsprache sofort angenommen. Er unterschrieb den Kontrakt und erhielt von Mister Majors einen sechsschüssigen Vorderlader-Coltrevolver, Modell Navy 1851, Kaliber 36, nebst Ersatztrommel und Gürtelholster zur Abwehr äußerer Feinde sowie eine Bibel zur Verteidigung seiner Moral.

»Sie sollen nicht kämpfen, sondern reiten«, sagte Majors zu ihm und wiederholte damit das, was Bolivar ihm schon erklärt hatte. »Wir besitzen die besten Pferde, die es gibt, und alle werden ausgezeichnet mit Kraftfutter gefüttert, wodurch sie in der Lage sind, jedem Indianerpony, das nur Grasnahrung kennt, davonzulaufen. Wenn wir unseren Kurieren dennoch einen Revolver zugestehen, dann nur deshalb, um sie für den äußersten Notfall nicht unbewaffnet zu lassen. Vergessen Sie niemals: Die Post muß durchkommen!«

»Ich werde es nicht vergessen, Sir«, versprach Kane.

Majors wandte sich an Bolivar: »Und jetzt würde ich es begrüßen, wenn Sie diesen jungen Mann erst einmal mitnehmen und vernünftig einkleiden würden.«

Am nächsten Tag verließ Kane Julesburg schon wieder und machte sich auf die Reise nach Westen, wo er Colby und seine Stute wiedersehen sollte. Er war von Bolivar der Sektion ›Carson Basin‹ zugeteilt worden.

Unterwegs versuchte er, sich mit dem Revolver vertraut zu machen. Die Waffe lag gut in der Hand, aber der Ladevorgang war umständlich. Pulver, Verdämmungspfropfen und Bleikugel mußten von vorn in jede Kammer der Trommel eingeführt und mit der Ladepresse ›gesetzt‹ werden. Danach wurden auf jeden Zündkanal dort, wo der Hammer aufschlug, Zündhütchen auf die sogenannten Pistons gesteckt. Das war eine pingelige Arbeit, mit steifen Fingern kaum auszuführen, und ganz bestimmt nicht zu Pferde während eines Rittes in voller Karriere. Wahrscheinlich war aus diesem Grunde jeder Kurier von Mister Majors mit einer Reservetrommel für seine Waffe ausgerüstet worden. Sie ermöglichte einen schnelleren Austausch gegen den leergeschossenen Zylinder, so daß man für den Notfall immer zwölf Schüsse zur Verfügung hatte, und das war schon eine ganze Menge.

Kane begann also, während der Fahrtpausen mit dem ungewohnten Schießeisen zu üben, und seine Reisegenossen sparten nicht mit guten Ratschlägen. In Fort Laramie verkaufte ihm ein Händler eine Anzahl der gerade von Samuel Colt auf den Markt gebrachten neuen Papierpatronen, bei denen sich jeweils eine komplette Ladung von Pulver, Pfropfen und Kugel in einer Hülle von dünnem Ölpapier befand. Dadurch reduzierte sich die Zeit für den Ladevorgang zwar stark, aber ein besserer Revolverschütze wurde Kane dadurch auch nicht. Er spürte bald, daß er über die Mittelmäßigkeit nie hinauskommen würde, denn ihm fehlte jenes instinktive Gefühl für die kleine Waffe, das allein den erstklassigen Revolverschützen von dem mittelmäßigen unterschied.

Westlich des Großen Salzsees rollte die Postkutsche in das Carson-Becken hinein, einer toten, sich nach allen Seiten endlos dehnenden Wüste von grauweißem, ätzenden Alkalistaub. Kanes Mut schrumpfte zusammen, als er sie zum erstenmal sah.

Inzwischen war der Pony Express unter dem Jubel der gesamten amerikanischen Nation längst gestartet, und zweimal waren Kuriere der Kutsche begegnet, einmal auf den Ritt nach Westen und dann in der Gegenrichtung. Die Passagiere hatten ihre Hüte geschwenkt und ihre Revolver abgefeuert, als die Reiter vorbeigebraust waren. Und bei ihrem Anblick war plötzlich auch Kanes Mut zurückgekehrt. Er brannte jetzt darauf, endlich ans Ziel zu kommen.

Unermüdlich bahnte sich die Kutsche ihren Weg durch die graue Landschaft. Es gab nichts anderes als die monotone Wüste, die stumpfen Hügelketten und als Vegetation nur Salbeigestrüpp und Krüppelholz, von einer grauen Staubschicht überzogen. Oft wirbelte der Staub in so dichten Wolken empor, daß es aussah, als ob die Wüste brenne. Entlang des Trails lagen zerborstene Wagenwracks und die sauber abgenagten Skelette verendeter Zugtiere. Sie bildeten die Meilensteine auf diesem trostlosen Weg.

Dann aber, an einem späten Nachmittag, beugte sich der Kutscher von seinem Bock herunter und rief mit seiner staubheiseren Stimme: »Carson City!«

Neugierig streckte Kane den Kopf aus dem Fenster. Sofort blies ihm der Fahrwind eine Staubwolke ins Gesicht. Mit zusammengekniffenen Augen spähte er auf die dunklen Flecke, die nichts anderes sein konnten als Holzhäuser.

Carson City lag am Ende der riesigen Ebene. Dahinter erhob sich eine Bergkette nach der anderen, bis Kanes Augen schließlich an einer Anzahl grimmig wirkender Gipfel haftenblieben, auf denen ewiger Schnee glitzerte. Das mußte die berüchtigte Sierra Nevada sein.

Die Kutsche rumpelte in die Stadt hinein, hielt kurz an, um Kane und sein geringes Gepäck zu entlassen, bekam frische Gespanne und verschwand mit den anderen Passagieren hastig wieder, um vor Einbruch der Nacht noch Friday's Station am Tahoe-See zu erreichen.

Der erste Mensch, den Kane in Carson sah, war Nick Colby. Er lehnte an einem Pfosten in der Nähe der Poststation und hatte die Ankunft der Kutsche beobachtet.

»Willkommen am Ende der Welt, Sohn«, sagte er und schüttelte Kane herzlich die Hand.

»Wie geht's Belle?« lautete Kanes erste Frage.

Colby grinste.

»Der geht's ausgezeichnet. Warte nur ab, bis du ihr wieder zum erstenmal den Sattel auflegen willst. Die hat sich so an das faule Leben gewöhnt, daß sie dich bestimmt in den Staub schmeißen wird.«

»Nicht Belle«, widersprach Kane.

Er starrte Colby an: »Komme ich nicht schon zu spät? Ich meine – also der Pony Express ist doch schon gestartet.«

»Da brauchst du dir gar keine Sorgen zu machen«, erwiderte Colby. »Vorerst bist du als Ersatzreiter eingeteilt. Sobald einer ausfällt, mußt du einspringen. Und das wird nicht lange dauern, glaub es mir. Die Paiutes schwärmen wie die Hummeln herum, und es sollen auch schon ein paar weiße Banditen spitzgekriegt haben, daß wir nicht nur Briefe, sondern auch Schecks, Anweisungen und Bankkreditvollmachten transportieren.«

Er räusperte sich. »Du gehst keinem ruhigen Sommer entgegen, Junge. Ich schätze, daß du mehr reiten mußt, als dir lieb ist. Das laß dir von mir gesagt sein.«

»Ich will mein Geld verdienen«, murmelte Kane.

»Dazu bist du ja da«, gab Colby trocken zur Antwort. »Bald wird dir der Hintern rauchen, und vielleicht wünschst du dir dann, du wärst in Julesburg geblieben und hättest dich nach einem ruhigeren Job umgesehen.«

Carson City besaß zu dieser Zeit etwa zweitausend Einwohner, in der Mehrzahl Männer. Die meisten von ihnen arbeiteten in den Silberminen im Gebirge oder verdienten ihr Brot als Händler an den durchkommenden Wagenzügen, die sich hier vor dem Aufstieg zur Sierra noch einmal ausruhten.

Die einzige Straße war so breit, daß ein bespanntes Fuhrwerk bequem darauf wenden konnte. Die meisten Geschäftshäuser gruppierten sich um die Plaza, einen freien Platz, auf dem Versammlungen, Viehmärkte oder Hinrichtungen abgehalten wurden. Der Rest der Stadt lag weit verstreut.

»Komm zum Abendessen«, sagte Colby zu Kane und führte ihn zu einem nahe gelegenen Imbißhaus.

Jetzt, kurz nach Sonnenuntergang, wimmelte Carson von Männern, die von ihren Schürfstellen zurückkehrten. Jeder von ihnen besaß ein von harter körperlicher Arbeit gezeichnetes Gesicht.

Aber es gab auch Ausnahmen. Kane bemerkte Gents in dunklen Anzügen und weißen, sorgfältig plissierten Hemden. Ähnlichen Typen war er schon in Julesburg und in allen größeren Siedlungen entlang des Überlandweges begegnet. Wo etwas leichte Beute verhieß, stellten sich auch die Haie ein.

Nach dem Essen machten sie noch einen Bummel durch die abendlich erhellte Stadt.

»Wo liegt denn Ihre Station, Mister Colby?« fragte Kane.

»Weiter draußen im Becken«, brummte der rothaarige Mann. »Aber sag nicht Colby und Mister zu mir. Alle Freunde nennen mich Nick. Und das will ich auch für dich sein, kapiert?«

Kane nickte, obwohl es ihm schwerfiel, einen so viel älteren Mann so vertraulich zu bezeichnen.

Colby blieb vor einem hell erleuchteten Saloon stehen und kratzte sich den Bart.

»Ob wir da mal reingehen, 'nen Drink und ein Spielchen riskieren? Da draußen im Basin ist es verdammt eintönig, sag' ich dir.«

»Aber Mister Majors hat es verboten«, wandte Kane ein. »Alkohol, Würfel und Karten sind für einen Angestellten vom Pony Express tabu.«

»Mister Majors ist weit und sieht's ja nicht«, meinte Colby und zwinkerte listig mit den Augen,. »Aber du hast recht, widerstehen wir der Versuchung.«

Er drehte sich um – und prallte hart mit einem Mann zusammen, der hinter seinem Rücken die Straße überquert hatte, um den Saloon zu betreten.

»Zum Teufel, können Sie nicht aufpassen?« schnarrte der Mann. »Wo haben Sie denn Ihre Augen?« Er war groß, elegant gekleidet und mochte etwa dreißig Jahre alt sein. In seiner Begleitung befand sich eine Frau, deren grünes Kleid mit Rüschen besetzt und vorne tief ausgeschnitten war.

»Jedenfalls habe ich sie nicht da, wo Sie sie zu vermuten scheinen«, knurrte Colby, den es wurmte, so vor einer Frau heruntergeputzt zu werden.

Der Fremde reckte den Kopf, wobei seine dunklen Augen streitlustig zu glitzern begannen.

»Wie reden Sie denn mit mir? Ich verbitte mir diesen Ton, verstanden!«

Die Frau – es konnte aber auch noch ein Mädchen sein – legte ihrem Begleiter die Hand auf den Arm.

»Bitte nicht, John!« flehte sie. Ähnliche Situationen schienen ihr nicht fremd zu sein.

Der Mann streifte ihre Hand von sich ab wie ein lästiges Insekt.

»Ach was!« bellte er. »Der Kerl hat mich angerempelt – und ich wette, er hat das mit voller Absicht getan.«

»Das ist eine Lüge«, sagte Colby ruhig.

Im gleichen Augenblick erkannte er, was er angerichtet hatte. Denn der Fremde wandte sich dem Mädchen zu und rief: »Hast du das gehört, Nancy? Er hat mich, John Gilmore, der Lüge bezichtigt! Verdammt will ich sein, wenn ich das von einem hergelaufenen Strolch wie dem hinnehme!«

Er starrte Colby mit einem gierigen Funkeln in den Augen an: »Ich werde den verfluchten Hochmut schon aus Ihnen rausschießen. Sie stehen doch zu Ihrem Wort, he?«

Kane erkannte in einem einzigen flüchtigen Augenblick, daß er Zeuge einer Herausforderung geworden war, die sich, wenn es nach diesem Gilmore ging, zu einer Schießerei entwickeln würde. Für ihn war das etwas vollkommen Neues – nicht aber für Colbys Widerpart, dem es darauf anzukommen schien, sich vor seinem Mädel aufzuspielen.

»Ich habe keine Waffe«, hörte er Colby sagen.

»Dann besorgen Sie sich eine!« schrie Gilmore. Dabei schlug er den Schoß seines modischen Gehrocks zurück und legte die Hand auf den Griff des Revolvers, den er an der rechten Hüfte trug.

Irgend etwas explodierte in dieser Sekunde in Frank Kane. Er trat einen Schritt vor, stellte sich vor Colby und wandte sich scharf gegen Gilmore: »Sie haben doch gehört, was mein Freund gesagt hat! Er ist unbewaffnet.«

Gilmore runzelte die Stirn. Er sah sich plötzlich einem jungen Mann gegenüber, der einen Revolver trug wie er selbst – aber an der linken Hüfte, ziemlich hoch und mit dem Griff nach vorn. Nur Experten mit einem Colt trugen ihr Schießeisen auf diese Weise.

Gilmores Hand ruhte auf dem Knauf seiner Waffe, aber er war mit einem Male seiner Sache nicht mehr so sicher. Zu eindeutig beherrschte der andere Revolver, mit dem er nicht gerechnet hatte, die Szene.

Dieser Junge da sah so sanft und schmächtig aus, aber Erfahrung hatte John Gilmore gelehrt, daß oft gerade das die Schlimmsten waren. Von seinen Zweifeln zerrissen, starrte er in das noch unfertige, ausdruckslose Gesicht – in Augen, die nichts verrieten – und auf eine Hand, die keine Anstalten machte, zur Waffe zu greifen.

Warum ist der Bengel so verdammt sicher? dachte Gilmore. Plötzlich brach ihm der kalte Schweiß aus allen Poren. Sterben war so eine verdammt endgültige Sache – und es sah gerade so aus, als ob heute sein Sterbetag wäre. In einem Anflug von Entsetzen erkannte er, daß er zu weit gegangen war.

Seine Hand am Griff des Colts wurde feucht. Er wollte etwas tun; ziehen, abdrücken, diese Sache endlich zu einem Ende bringen. Aber er konnte es einfach nicht mehr.

Sekunden wurden geboren und vertropften bleiern. Colby hüstelte plötzlich und schob Kane beiseite.

»Ich entschuldige mich.« – Seine Stimme klang brüchig. »Ich habe Sie tatsächlich nicht gesehen, Mister. Ich bitte um Entschuldigung dafür, daß ich Sie ungewollt angerempelt habe.«

»Angenommen«, krächzte Gilmore, wobei er das Gefühl hatte, als ob ihm das Leben neu geschenkt worden wäre.

Er zog die Hand vom Revolver und griff nach dem Arm seiner Begleiterin: »Komm, Nancy.« Die beiden verschwanden im Saloon.

Colby wischte sich den Schweiß von der Stirn. Er sandte Kane einen schiefen Blick zu.

»Uff, das war knapp! – Weißt du, wem du da in den Weg getreten bist? Das war John Gilmore, ein in ganz Nevada und Kalifornien bekannter Kartenhai und Revolverheld. Warum, zur Hölle, hast du das getan?«

»Der Kerl war auf Verdruß aus«, murmelte Kane. »Ich konnte doch nicht dabeistehen und zuschauen, wie er dich durchlöchert hätte.«

Colby packte ihn am Arm und zog ihn fort.

»Komm, laß uns besser von hier verschwinden. Man behauptet von Gilmore, daß er schon ein paar Männer umgebracht hätte und sich etwas auf seinen Ruf als Killer zugute hält. Solche Schufte vergessen eine Niederlage niemals. Bis ans Ende seiner Tage wird Gilmore sich daran erinnern, daß er einmal vor dir gekniffen hat. Und wenn er kann, wird er die Scharte auszuwetzen versuchen.«

Seite an Seite schritten sie über die knarrenden Planken des Bürgersteiges dem Depot der Überland-Postkutschengesellschaft zu, das gleichzeitig dem Pony Express als Swing-Station diente. Die nächste ›Heim-Station‹ in westlicher Richtung war Friday's Station am Lake Tahoe, zwanzig Meilen entfernt, nach Osten zu Fort Churchill in fünfundfünfzig Meilen Entfernung. Colby war nur nach Carson City gekommen, um Kane abzuholen und frische Vorräte auf die von ihm geleitete Station zu schaffen, die weit draußen in der staubigen Alkaliwüste lag.

Als sie sich in ihrer gemeinsamen Kammer auskleideten und Kane den Gürtel mit dem geholsterten Navy-Colt an den Bettpfosten hängte, fragte Colby: »Du sagtest einmal, daß du nicht besonders mit einem Revolver umgehen könntest. Inzwischen scheinst du es gelernt zu haben.«

Kane mußte grinsen.

»Absolut nicht«, gestand er.

»Was?« fuhr Colby auf. »Du bist keine große Nummer mit einem Sechsschüsser?«

»Nein«, gab Kane zu. »Und ich werd's auch niemals werden. Die Leute, die mir unterwegs beim Schießen zuschauten, behaupteten immer, mir fehle das Zeug zu einem richtigen Revolverschützen.«

»Aber warum – warum . . .?« begann Colby wieder und verstummte.

Erst nach einer langen, langen Pause fuhr er fort: »Wenn dieser Aasgeier Gilmore das gewußt hätte, mein Junge, hätte er dich glatt erschossen. Du hast dein Leben für mich riskiert. Aber eins darfst du mir glauben: Von heute an hast du bei dem alten Nick Colby noch was gut. Denn ohne dich würde man wahrscheinlich jetzt schon einen Sarg für mich zimmern.«

Zur gleichen Zeit sagte im Saloon Nancy Sherman zu ihrem Begleiter: »Diesmal bist du an den Falschen geraten, John.«

Gilmore lachte grell.

»Ach was. Der Junge tat mir einfach leid. Ich hatte meinen gnädigen Tag.«

Aber er wußte, daß er Nancy damit nicht täuschen konnte. Sie besaß scharfe Augen – und sie hatte heute etwas bei ihm gesehen, was ihr bisher verborgen geblieben war: Angst.

»Wenn ich diesem jungen Bastard wieder begegne, werde ich ihn töten müssen«, knirschte er.

Nancy schaute ihn fragend an, denn er hatte leise gesprochen: »Was hast du gesagt, John?«

Gilmore schüttelte den Kopf.

»Nichts. – Es ist nichts, Baby. Vergiß es.«

Aber er selbst würde den Augenblick seiner Niederlage erst dann aus seinem Gedächtnis löschen können, wenn er diesen anderen, der es gewagt hatte, ihm die Stirn zu bieten, tot vor sich liegen sah.

Tot – tot – tot! dachte er voller Haß.

IV

Am nächsten Morgen belud Colby einen flachen, von zwei Maultieren gezogenen Wagen mit Bohnen, Mehl, Speck und Salz aus dem Lager des Postkutschen-Depots und stellte auch noch ein paar Säcke Hafer dazu, wobei ihm Kane half. Danach bestiegen beide Männer den Bock, Colby schnippte mit der Peitsche, und der Wagen rollte aus der Stadt, um die Richtung nach Osten einzuschlagen – hinaus in die tote, staubige Hochebene, in der es kein Leben zu geben schien als das Tanzen kleiner Sandhosen über den schmutzig-grauen Bodenwellen.

»Ich leite die Station von Dry Creek«, sagte Colby zu Kane, während der Wagen über den ausgefahrenen Weg rumpelte. »Das ist die letzte ›swing station‹ vor Fort Churchill, fünfunddreißig Meilen von hier. Wenn alles gutgeht, kein Rad bricht, sich keine Achse heißläuft und sich keins von den verflixten Mulis das Bein vertritt, werden wir gegen Abend dort sein.«

»Und ich?« wollte Kane wissen.

»Du bleibst bei mir, bis wir Order bekommen, wo du gebraucht wirst«, erwiderte Colby. »Deine Stute befindet sich auch in Dry Creek.«

Kane sagte sich, daß es einfacher gewesen wäre, wenn er die Postkutsche gestern schon in Fort Churchill verlassen hätte. Aber von Mister Bolivar war nun einmal Carson City als Treffpunkt bestimmt worden, und daran hatte er sich gehalten.

Nach zwanzig Meilen erreichten sie Dayton Station und spannten die Maultiere für die Mittagsrast aus. Kane beobachtete zwei junge Burschen mit verwitterten Gesichtern, die viel älter wirkten, als sie waren. Der Stationsleiter stellte sie als Mike und Duffy vor. Kane kam bald dahinter, daß sie nur für die Pferde zuständig waren. Der Pony Express mußte wahrhaftig eine große Organisation sein, wenn er es sich leisten konnte, über einhundertneunzig Stationen im Lande verstreut so viel Personal zu unterhalten.

Er und Nick Colby bekamen ihr Mittagessen und setzten sich vor das Haus, um die warme Aprilsonne zu genießen. Kane hörte, wie der Stationsleiter rief: »Führ sie heraus, Duffy!«

Eine kleine, feurig aussehende Mustang-Stute mit schwarzen Hufen und langer Mähne wurde aus dem Corral geführt und an einen Pfosten gebunden. Mike untersuchte sie gründlich, während Duffy ihr den leichten Kurier-Sattel auflegte und das Zaumzeug über den Kopf streifte.

»Gleich kommt er«, brummte Colby.

»Wer kommt?« fragte Kane.

»Na, wer wohl?« Colby begann, sich seine Pfeife zu stopfen. »Du kannst vielleicht dämlich fragen, Junge. Ist das hier nun eine Swing-Station oder nicht, he?«

Jetzt begriff Kane, daß der Expreßreiter erwartet wurde. Er blickte auf den Stationsmanager, der mit der Uhr in der Hand neben der Stute stand und angespannt nach Osten starrte.

Es war Kane, als wirble fern am Horizont dünner Staub wie feiner Rauch empor. Nach einer Weile wurde der Staub deutlicher. Dann sah er einen schwarzen Punkt, der über die Bodenwellen hüpfte wie ein Sperling – auf und nieder, auf und nieder – und sich dabei rasch vergrößerte.

Die Staubfahne, die der Punkt hinter sich herschleppte, wurde immer dichter, je näher er kam. Kane beschattete die Augen mit der Hand. Er konnte jetzt schon Ross und Reiter erkennen. Das Pferd lief in vollem Galopp und, obwohl es mindestens schon fünfzehn Meilen hinter sich hatte, immer noch geschmeidig wie ein Reh. Der Mann im Sattel war nur eine schmale Gestalt hinter der flatternden Mähne.

»Billy Richardson – und fast auf die Minute pünktlich!« rief der Stationsleiter und steckte seine Uhr ein.

Im nächsten Augenblick donnerte der Reiter heran und brachte das schwitzende Pferd zum Stehen. Noch bevor es richtig stand, hatte er sich schon aus dem Sattel geschwungen. Er schnitt eine Grimasse, als seine Füße auf die Erde prallten. Kane beobachtete ihn fasziniert. Das also war einer der Auserwählten, zu denen er nun auch gehörte.

Der Reiter – fast noch ein Kind – lief auf den Wassereimer zu, der vor dem Haus auf einer Bank abgestellt war, und trank aus der Schöpfkelle mit langen durstigen Zügen.

»Verfluchter Staub!« krächzte er zwischen zwei Schlucken.

Mike und Duffy hatten inzwischen die Mochila vom Sattel des eben angekommenen Pferdes gezogen und sie auf den Sattel der schwarzhufigen Stute geschwungen. Drei von den vier Cantinas, den ledernen Taschen, waren durch kleine Vorhängeschlösser verschlossen. Sie dienten zur Aufnahme der direkt durchgehenden Post, und nur die Manager in St. Joseph und Sacramento besaßen die Schlüssel. Die vierte Cantina war unverschlossen; sie war für die Unterwegspost bestimmt.

»Wie sieht's in Dry Creek aus, Billy?« fragte Colby.

Der Reiter warf ihm ein schnelles, scharfes Grinsen zu, und seine Augen blitzten in dem staubverkrusteten, verschwitzten Gesicht.

»Als ich es verließ, war noch alles in Ordnung, Nick. Der alte Pete hält den Laden schon in Schwung.«

»Ja, auf Pete ist Verlaß«, bestätigte Colby.

»Fertig, Billy!« rief Mike, der Pferdeknecht, wickelte die Zügel der Stute ums Sattelhorn und trat zur Seite.

»Du hast vier Minuten aufzuholen!« warf der Stationsleiter ein.

Richardson nickte. Ein langer Sprung trug ihn neben die Stute. Er packte mit beiden Fäusten das Horn und stieß einen schrillen Schrei aus. Augenblicklich raste das Pferd los wie eine Kanonenkugel.

Richardson wurde mitgeschleift. Er zog die Beine an, hing jetzt an der Flanke der in voller Karriere dahinstürmenden Stute.

»Ab geht die Post!« schrie Colby begeistert.

Kane sah, wie der Reiter die Beine plötzlich im rechten Winkel nach vorn stemmte und dann abwärts drückte. Als seine Fußsohlen den Boden berührten, trug ihn der Schwung des Galopps empor und hob ihn in den Sattel. Noch einmal ein spitzer Schrei – aufstiebender Staub –, und dann hatte die nächste Bodenwelle Pferd und Mann verschluckt, als ob alles ein Spuk gewesen sei.

»Das ist Pony Express!« sagte der Stationsleiter, und seine nüchterne Stimme zitterte dabei ein wenig.

Colby nickte.

»Ja – und in tausend Jahren wird man sich noch daran erinnern.«

Mike und Duffy gingen daran, das abgetriebene Pferd abzusatteln und mit Strohwischen trockenzureiben. Sie waren nur die Nebenfiguren in diesem gewaltigen Unternehmen, das sich Pony Express nannte, aber etwas von dem Ruhm der Reiter färbte auch auf sie ab. Auch sie würden später zu ihren Enkeln sagen können, daß sie dabeigewesen waren.

Mit den ausgeruhten Maultieren vor dem Wagen, legten Colby und Kane die letzten fünfzehn Meilen nach Dry Creek in flottem Tempo zurück und erreichten die kleine Station noch vor dem Abend.

Sie lag in einer Geländefalte, die – das erkannte Kane später – nichts anderes war als das Bett eines längst ausgetrockneten Baches.

Ein Windrad pumpte das für Menschen und Tiere so unersetzliche Wasser aus der Tiefe.

»Erstklassiges Wasser; kein bitteres Alkaligesöff«, verkündete Colby stolz, während er das Gespann zügelte und steif von der langen Fahrt vom Wagen stieg. »Dry Creek mag nur eine kleine Station sein, aber auf unser Wasser können wir uns etwas zugute tun.«

Kane sprang vom Bock und schaute sich neugierig um. Gegen Dayton Station oder gar Carson City wirkte Dry Creek erbärmlich.

Das einzige Gebäude der Station war mit der Rückseite in das Ufer des trockenen Flußbettes gegraben, während die Vorderseite aus zusammengeflochtenen Ästen bestand, die man mit einem Brei aus Lehm, Wasser und Dung beworfen hatte. Die Sonne hatte diesen Brei getrocknet, und seine grau-weiße Farbe verlieh dieser primitiven Unterkunft ein schmutziges Aussehen, obwohl sie im Inneren, wie Kane sich bald überzeugen konnte, durchaus nicht schmutzig war.

Für die Pferde gab es einen Corral und ein paar Pferche mit Dächern aus Astwerk zum Schutz gegen Sonne oder Regen. Ein Mann, etwa so alt wie Colby, aber viel kleiner und magerer, war gerade dabei, die Pferde zu füttern. Er trug geflickte Hosen, Rindslederstiefel, ein vom Schweiß dunkel gefärbtes Baumwollhemd und einen Hut, den in Kentucky noch nicht mal ein Bettler aufgesetzt hätte.

»Das ist Pete Storm, mein Mädchen für alles«, sagte Colby erklärend zu Kane.

Dann winkte er dem kleinen Mann zu: »Komm her, Pete, und schüttle Frank Kane aus Kentucky die Hand. Er ist der Bursche, dem die hübsche schwarzbraune Stute gehört, die dir mit ihren

Zähnen beinahe mal das Fell über die Ohren gezogen hätte, als du sie am Bauch kitzeln wolltest.«

Storm schlurfte heran und hielt Kane eine runzelige, verarbeitete Hand hin.

»Willkommen an Bord«, brummte er, woraus man schließen konnte, daß er früher zur See gefahren war.

»Wo ist Belle?« fragte Kane.

Storm deutete mit dem Daumen über die Schulter: »Dort am Futtertrog. Und von da wirst du sie wohl jetzt nicht weglocken können, junger Mann.«

Kane schritt an ihm vorbei zum Corral. Hier standen nur drei Pferde: das von Richardson, das er heute von Fort Churchill bis Dry Creek geritten hatte; dann ein frisches, ausgeruhtes für die nach Osten gehende Post – und Kanes Stute. Alle drei malmten in ihren Trögen, die unter einem Überdach aufgestellt worden waren.

Kane schwang sich auf die Fence. »Belle!« rief er leise.

Storm warf Colby ein schiefes Grinsen zu. Wie jeder, der viel Umgang mit Pferden hatte, wußte auch er, daß man sie selten von ihrem Futter wegbrachte. Die Natur hatte sie einfach dazu erzogen, zuerst an einen vollen Bauch zu denken.

»Wetten, daß sie ihm nicht gehorcht?«

»Die Wette würdest du verlieren, Pete«, murmelte Colby.

»Belle, komm her zu mir, alte Lady!« lockte Kane.

Jetzt warf die Stute den Kopf auf. Sie schnupperte, ihre Nüstern blähten sich, denn Pferde sind Nasentiere, die zwar nicht so besonders gut sehen können, sich aber an jeden vertrauten Geruch erinnern. Dann schüttelte sie die Mähne wie im Spiel, setzte sich in Bewegung und trabte mit zierlich gehobenen Hufen und gestelltem Schweif auf Kane zu.

»Belle, meine gute Alte«, murmelte Kane und kraulte ihr den Hals. Sie rieb die Nase an seiner Schulter und wieherte leise.

»Na, was hab ich dir gesagt?« wandte Colby sich an Storm.

»Ein Teufelsgaul!« brummte der kleine Mann.

»Und ein Teufelsreiter«, sagte Colby. »Warte nur ab, bis du ihn erst einmal in ihrem Sattel siehst.«

Er schnippte mit den Fingern: »Und jetzt komm und hilf mir, den Wagen abzuladen. Die beiden dort –« damit deutete er auf

Kane und seine Stute – »wollen wir erst einmal sich selbst überlassen. Schätze, daß sie sich eine Menge zu erzählen haben.«

Storm legte die Stirn in Falten.

»Du denkst, daß er mit ihr redet? Richtig wie mit einem Menschen?«

»Das tut er«, versicherte Colby ernsthaft. »Und sie versteht ihn auch, darauf kannst du dich verlassen.«

V

Die nächste Zeit verbrachte Kane damit, seine Stute wieder auf Schnelligkeit und Ausdauer zu trainieren. Eigenschaften, die Belle zwar immer besessen hatte, durch das faule Leben der letzten Wochen aber etwas verlorengegangen waren.

Ende April kam endlich seine Bewährungsprobe, auf die er schon so lange gewartet hatte.

Der Reiter, der am Morgen Friday's Station westlich von Carson City mit der Post aus Kalifornien verlassen hatte, donnerte in das Trockenbett, in dem Dry Creek Station lag, und stoppte sein keuchendes Pferd.

»Überfall!« krächzte er, wobei ein paar Blutstropfen über seine Lippen sickerten.

Colby und Kane sprangen herzu und hoben den Mann aus dem Sattel.

In seiner linken Hüfte steckte ein zitternder Pfeilschaft, ein zweiter ragte aus seinem Rücken heraus.

Sie betteten den Verwundeten auf die Erde, wobei sie ihn so legten, daß die Pfeile nicht mehr tiefer in seinen Körper drangen.

»Die Lunge scheint verletzt zu sein, sonst würde er nicht dauernd Blut spucken«, meinte Colby.

Er sandte Kane einen scharfen Blick zu: »Jetzt bist du an der Reihe, mein Junge.«

»Ich werde Belle nehmen«, erklärte Kane schnell.

Storm, der schon ein anderes Pferd bereithielt, schüttelte den Kopf.

»Ach Unsinn. Das wäre nur reine Zeitverschwendung.«

»Die ich mit Belle jederzeit einholen kann«, widersprach Kane.

Colby gab Storm einen Wink. »Na, dann tu ihm eben den Gefallen.«

Brummend marschierte Storm ab, um Belle zu satteln. Colby beugte sich über den verletzten Reiter.

»Es waren Paiutes, nicht wahr?«

Der junge Mann mit dem noch unfertigen Kindergesicht nickte.

»Richtig. Ich war schon in Carson City vor ihnen gewarnt worden. Sie schwärmen herum wie die Hornissen.«

»Gut. Ich werden mich um dich kümmern, sobald die Post unterwegs ist«, erwiderte Colby.

Kane hatte inzwischen die Sporen angeschnallt, die Zündhütchen auf der Trommel seines Colts überprüft und die schweren ledernen Reithandschuhe übergestreift. Storm führte eben seine Stute aus dem Pferch.

Colby kam mit der Mochila gelaufen und schwang sie über Belles Sattel.

»Du reitest jetzt bis Fort Churchill und übergibst die Post an die Ablösung. Dann wartest du dort, bis die Post aus der Gegenrichtung kommt, und reitest mit ihr zu Friday am Lake Tahoe. Fort Churchill und Friday's Station werden in Zukunft deine Heim-Stationen sein.«

Kane nickte. Storm hielt Belle am Kopfstück fest. Die Stute spürte, daß etwas in der Luft lag. Sie schnaubte und tänzelte herum, daß der Staub unter ihren Hufen aufflog.

»Beeil dich, ich kann sie kaum noch halten«, drängte Storm.

»Sag den Leuten in Fort Churchill, daß ich mit dem Wagen nachkomme und einen Verwundeten bringe«, fuhr Colby fort. »Nimm Belle als erstes Pferd, wenn du zurückreitest, und wechsle sie hier bei mir. Dann weißt du, daß sie sich immer in guten Händen befindet.«

»In Ordnung, Nick«, murmelte Kane.

Colby sah ihm fest in die Augen: »Wenn du jetzt da draußen bist, Junge, wirst du verdammt einsam sein. Gib auf die Paiutes acht. Und denk dran, was immer auch geschieht: The mail must go through! Die Post muß durchkommen!«

Kane sagte nichts mehr. Sein Herz klopfte laut vor Stolz und Erregung.

Endlich! dachte er.

Belle hatte nur darauf gewartet, daß er die Hände aufs Sattelhorn legte. Sie zuckte nur mit dem Kopf, aber Storm wurde weggeschleudert wie ein Blatt Papier. Im nächsten Moment fegte sie davon, aus dem Stand weg sofort in voller Karriere. Sie hatte immer Freude am Laufen gehabt, ihr heißes Blut drängte zur Entladung. Es war, als ob ein Dampfkessel explodiere.

»Heiliger Moses!« knurrte Pete Storm. »Ich hab' doch, verdammt noch mal, schon manchen Start gesehen, aber so etwas noch nicht.«

»Ein Teufelsreiter auf einem Satansgaul«, bestätigte Colby.

Kane ließ sich erst ein Stück mitschleifen, ehe er sich fliegend in den Sattel schwang – genauso, wie er es auf Dayton Station von Billy Richardson gesehen hatte.

Als er sich umdrehte und noch einmal zurückschaute, war Dry Creek schon weit zurückgefallen. Pete Storm stand neben Colby, und beide Männer hoben die Hand zu einem letzten Gruß. Dann gingen sie daran, den Verwundeten zu versorgen.

Kane kannte die Strecke nach Fort Churchill, denn er hatte sie einmal mit der Postkutsche, allerdings in entgegengesetzter Richtung, und vor ein paar Tagen noch einmal mit Colby in dessen Wagen gemacht. Es waren beinahe zwanzig Meilen ohne Swing-Station dazwischen, deshalb galt es, die Kraft des Pferdes einzuteilen.

Das Gelände erlaubte ein flottes Galoppieren, und Belle lief jetzt mit der steten Gleichmäßigkeit eines Uhrwerks. Bald stand sie in Schweiß, und die Adernstränge an ihrem Hals traten dick hervor. Aber das waren nur Anzeichen ihres guten Blutes und nicht von Schwäche.

Während Kane hügelauf und hübelab flog, spähte er scharf nach Indianern aus. Aber soweit er auch schauen konnte, er sah keine Spur von ihnen.

Er erreichte Fort Churchill in Rekordzeit, übergab die Mochila mit der Post an seine Ablösung, versorgte Belle und suchte sich eine Schlafkoje im Pony Express Office aus. Viel später traf auch Colby mit dem Verwundeten ein, den er sofort dem Arzt der Handelsniederlassung übergab. Die mit Widerhaken versehenen Pfeilspitzen steckten so tief, daß er nicht gewagt hatte, sie selbst herauszuschneiden. Es waren qualvolle Meilen für den verletzten jungen Mann gewesen.

Colby fuhr noch in der Nacht nach Dry Creek zurück, weil er behauptete, in der Dunkelheit wäre man vor den Paiutes sicherer. Kane schlief volle acht Stunden, ehe er sich für den Rückritt fertig machte.

Die Post aus dem Osten traf, obwohl sie schon mehr als tausend Meilen hinter sich hatte, überraschend pünktlich ein. Hilfsbereite Hände schwangen die Mochila auf Belles Sattel, und Kane verließ Fort Churchill in fliegendem Galopp.

In Dry Creek wechselte er Belle gegen ein frisches Pferd aus und ritt weiter nach Dayton Station. Hier wurden wieder die Pferde gewechselt, und Kane galoppierte nach Carson City. Es war beinahe Mittag, als er dort ankam, und wie stets, wenn die Ankunft des Expreßreiters signalisiert wurde, standen neugierige Gaffer in der Nähe der Station herum und gaben ihre Kommentare zu dem Pferdewechsel zum besten.

Während Kane einen Schluck Wasser trank, um sich den Staub aus der Kehle zu spülen, wurde sein Blick von etwas Grünem eingefangen. Er drehte den Kopf, und über den Rand der Schöpfkelle hinweg begegneten seine Augen denjenigen der jungen Frau, die damals bei Gilmore gewesen war und von der er nur wußte, daß sie Nancy hieß.

Sie trug das gleiche grüne Seidenkleid, das ihre tadellos gewachsene Figur wie eine Schlangenhaut umschloß und die Ebenmäßigkeit ihres Körpers voll zur Geltung brachte. Es war Kane, als ob sie lächele, aber er wußte nicht, ob ihr Lächeln ihm oder jemand anderem galt.

Sie war noch jung, höchstens Mitte zwanzig, aber ihre Kleidung und die Schminke in ihrem Gesicht verrieten sehr deutlich, wo ihr Platz im Leben war. Unwillkürlich drehte Kane sich um, weil er glaubte, John Gilmore stände mit gespanntem Schießeisen hinter ihm, aber er sah nichts.

»Fertig!« rief ihm der Stationsleiter zu.

Er warf die Schöpfkelle in den Wassereimer und lief zu seinem Pferd, das schon die Mochila trug und ungeduldig mit den Hufen scharrte. Gleich darauf saß er im Sattel und brauste los, daß der Kies stob.

Im Vorbeijagen sah er, daß Nancy die Hand zu einem leichten Gruß erhoben hatte. Und dieser Gruß galt ihm, daran gab es diesmal keinen Zweifel mehr.

»Möchte wissen, was sie damit bezweckt?« fragte sich Kane selbst, während er Carson City hinter sich ließ.

Jetzt schraubte sich der Trail höher, und die schmutzig-graue Wüste blieb zurück. Bis Friday's Station, wo Kane abgelöst wurde, waren es noch volle zwanzig Meilen. Das Pferd, das er ritt, war kein flotter Renner mehr, wie man sie in den Ebenen gebrauchte, sondern ein trittsicherer, ausdauernder Mustang, dem das gute Kraftfutter auch eine gehörige Portion Schnelligkeit verliehen hatte.

Kane erreichte Friday's Station ohne Zwischenfall, übergab die Mochila mit der Post seinem Nachfolger und fiel danach erst einmal heißhungrig wie ein Wolf über eine doppelte Portion Steak mit Bratkartoffeln und Bohnen her. Obendrauf setzte er noch zwei Tassen starken Kaffees und fühlte sich danach schon wieder so mobil, daß er sich ein wenig umsehen konnte, denn hier oben war er noch nie gewesen.

Der Lake Tahoe war ein See von bezaubernder Schönheit. In mehr als sechstausend Fuß Höhe gelegen, schmiegte sich seine blaue Wasserfläche in die Falten waldreicher Berge, und die schneebedeckten Gipfel der Sierra Nevada spiegelten sich in ihm.

In der nächsten Zeit ritt Kane wöchentlich einmal von Friday's Station nach Fort Churchill und zurück, wobei er jedesmal für die Strecke Dry Creek – Fort Churchill und umgekehrt seine Stute benutzte. Sie war schneller als jedes andere Postpferd und vermochte Verspätungen am leichtesten aufzuholen.

So wurde es Mai. Der Wind, der von der Sierra kam, verlor seinen Eishauch. An den Bergflanken blühte der gelbe Ginster, und die verstaubten Salbeibüsche der Alkaliwüste bekamen einen frischen silbernen Glanz. Und dann nahte der 11. Mai 1860, der Tag, der alles ändern sollte.

Kane befand sich auf Friday's Station und hielt sich zur Übernahme der Post bereit. Der Morgen war grau und kühl. Am Tage zuvor war eine Gruppe von jungen Paiute-Kriegern vorbeigeritten und hatte böse Blicke auf die Station geworfen. Schließlich war einer herübergekommen und hatte in schlechtem Englisch um Tabak und Proviant gebettelt. Von Friday war er dabei gründlich ausgefragt worden.

Die Paiutes hatten am Pyramid Lake überwintert, einem größeren See nördlich vom Lake Tahoe. Von Blizzards und Hunger war der Stamm dezimiert worden, und die gepeinigten Indianer gaben den weißen Männern dafür die Schuld, die durch ihr Land ritten und das Wild vergrämten oder die Bäume umhackten, von denen sie eßbare Früchte gesammelt hatten. Die Unruhe war gewachsen und gewachsen, und schon im zeitigen Frühjahr hatten größere Gruppen von Kriegern das Winterlager verlassen, um den Pfad des Todes zu betreten, obwohl Numaga, ihr Häuptling, ihnen immer wieder zum Frieden riet.

Kane hatte das alles mit angehört, obwohl er nur die Hälfte davon verstand, weil die Unterhaltung in einem fürchterlichen Kauderwelsch geführt wurde. Plötzlich aber hatte der Krieger sich im Sattel gereckt und Friday die Geschenke mit einer Gebärde des Abscheus vor die Füße geworfen. Danach war er mit seinen Gefährten im Wald verschwunden.

»Das ist ein schlechtes Zeichen«, hatte Friday zu Kane gesagt. »Erst tat er ganz freundlich, aber dann sah ich plötzlich den Tod in seinen Augen.«

Daran mußte Kane jetzt denken, während er neben seinem Pferd stand und auf die Post aus Kalifornien wartete.

Friday zog seine Uhr aus der Tasche und warf einen Blick darauf.

»Johnny Talbot ist überfällig. Hoffentlich ist da nichts passiert.«

Kane dachte immer noch an die Indianer. Vielleicht waren es die gleichen Krieger gewesen, die Matt Sledge, O'Dowell, McCullock, Steve Boyer und die Familie Dixon getötet hatten – und auf deren Kappe auch Carrys Tod kam? Sein Innerstes krampfte sich vor plötzlichem Haß zusammen.

Er zog seinen Colt aus dem Gürtelholster und überprüfte den festen Sitz der Zündhütchen; das gleiche tat er auch mit der Ersatztrommel, die er in einer Hemdtasche trug. Friday sah es und runzelte die Stirn.

»Ich kenne deine Geschichte und weiß, was du jetzt denkst«, warnte er. »Aber fang besser keinen Privatkrieg mit den Paiutes an. Die Post muß durchkommen, das allein zählt.«

»Schon gut«, erwiderte Kane, »schon gut.«

Vom Pony Trail, der sich zwischen den Bäumen am Hang verlor, tönte prasselnder Hufschlag herunter.

»Talbot kommt!« rief Friday erleichtert und steckte seine Uhr in die Tasche.

Kane griff gewohnheitsmäßig noch einmal nach Gurt und Bügeln. Talbot hatte Verspätung, deshalb würde er selbst schnell reiten müssen, um soviel wie möglich davon aufzuholen.

Ein Pferd stürmte aus dem Wald und galoppierte am See entlang auf die Station zu. Ein Expreßpferd. Sein Sattel war leer, die Steigbügel klatschten gegen seinen Bauch, und aus seiner Kruppe ragte ein gefiederter Pfeil.

»Hölle und Verdammnis!« begann Friday zu fluchen.

Seine Männer sprangen zu und fingen das Pferd ein, das, tollgeworden durch den Pfeil in seinem Körper, nach ihnen biß und schlug.

»Es ist Johnny Talbots Gaul!« rief einer.

»Natürlich ist er das. Meint ihr, das hätte ich nicht schon selbst gesehen?« knurrte Friday. »Her mit der Mochila, und dann in den Sattel mit dir, Kane. Nach Talbot werden wir uns später umschauen.« Aber er wußte, daß es da nichts mehr zu helfen gab.

Gleich darauf donnerte Kane los in Richtung Carson City, und er ahnte noch nicht, daß er damit einen der längsten Ritte antrat, die je ein Mann geschafft hatte.

Bis Carson waren es zwanzig Meilen, auf denen er das Pferd nicht schonte. Denn dort, das wußte er, stand ein frisches Tier für ihn bereit.

Er erreichte die Stadt in Rekordzeit. Sie summte wie ein Bienenstock. Überall standen Gruppen von schwerbewaffneten diskutierenden Männern herum. Im Vorbeigaloppieren fing Kane immer wieder einen Namen auf: »Dayton Station!«

Etwas mußte dort draußen geschehen sein. Eine düstere Vorahnung beschlich Kane. Er sah Sam Pierce, den Manager des Pony Express in Carson, mit rudernden Armen vor dem Office stehen.

»Was ist los?« rief er und schwang sich aus dem Sattel.

»Hab' keinen frischen Gaul für dich«, krächzte Pierce und machte verzweifelte Handbewegungen, die seine Ratlosigkeit ausdrückten: »Alles beschlagnahmt. – Die Paiutes haben letzte Nacht Dayton Station überfallen und niedergebrannt. Alle tot dort draußen. Ein Händler, der mit seinem Wagen zufällig aus Fort Churchill vorbeikam und sich retten konnte, brachte die Nachricht mit rein. Jetzt wird ein Aufgebot zusammengestellt, das die roten Hundesöhne bestrafen soll. Sie haben alles, was vier Beine hat, aus den Ställen geholt, um die Posse beritten zu machen. Ich besitze keinen einzigen verdammten Besenschwanz mehr.«

Kane spürte, wie sich sein Magen zusammenkrampfte.

»Und Dry Creek?« fragte er. »Nick Colby – Pete Storm?«

Pierce zuckte mit den Schultern.

»Wie's dort aussieht, weiß keiner. Der Händler behauptete, es wäre noch alles all right gewesen, als er vorbeikam. Aber wie es jetzt dort draußen ist, das weiß nur Gott.«

Ein Reiter auf einem schweißnassen Gaul raste durch die Straße und brüllte: »Die Station von Williams ist auch hin!«

Kane hatte schon von Williams' Station gehört. Es war ein kleiner Stützpunkt ähnlich Dry Creek weiter oben in den Bergen. Die Paiutes schienen diesmal aufs Ganze zu gehen. Sie hatten gleichzeitig an mehreren Stellen zugeschlagen.

»Ich reite weiter!« Er machte eine Kniebeuge, um seine Beinmuskeln zu lockern. »Gebt mir einen Schluck Wasser, und wascht dem Pferd das Maul aus. Nur auswaschen, nicht tränken, habe ich gesagt. Ein Wasserbauch läuft nicht gern.«

»Du willst weiterreiten? Mit dem Gaul? Verrückt!« schnaufte Pierce. »Ich wette, die ganze Wüste wimmelt von berittenen und bemalten Kriegern. Denen könntest du mit diesem ausgepumpten Pferd nicht mehr entkommen!«

»Ich weiß«, erwiderte Kane. Aber sein Entschluß stand fest: Er mußte wissen, was mit Nick, Pete und Belle geschehen war.

Zehn Minuten nach seiner Ankunft in Carson verließ er die Stadt wieder und machte sich auf die fünfundfünfzig Meilen nach Fort Churchill – und jetzt galt es, mit den Kräften des Pferdes hauszuhalten.

Er kam an einer umgestürzten Postkutsche vorbei und an den rauchenden Trümmern von Dayton Station. Blutgeruch schien in der Luft zu schweben. An der Fence hingen zwei nackte, mit

Pfeilen gespickte Körper in gekreuzigter Stellung. Kane spürte kalten Schweiß auf seinem Rücken. Es fiel ihm schwer, in den entstellten, von einem schrecklichen Todeskampf verzerrten Gesichtern die vertrauten Züge von Mike und Duffy zu erkennen. Nun würden sie später niemals mehr erzählen können, daß sie dabeigewesen waren.

Das Pferd, das Kane ritt, war zäh und ausdauernd. Aber es war dennoch dem Zusammenbruch nahe, als er es in das Trokkenbett lenkte, in dem Dry Creek Station lag. Er hatte eine Strecke von beinahe sechzig Meilen in unwahrscheinlich kurzer Zeit geschafft, davon die ersten zwanzig stets im Galopp. Nur ein Kurierpferd des Pony Express vermochte so etwas durchzustehen.

Ein Stein fiel Kane vom Herzen, als er die kleine Station unversehrt sah und von Belles Wiehern begrüßt wurde. Pete Storm hielt sie am Zügel, gesattelt und zum sofortigen Abritt bereit. Nick Colby stand mit der Uhr in der Hand daneben und machte ein finsteres Gesicht.

»Was ist das heute für eine verdammte Trödelei, Junge?« fuhr er Kane an.

Dann fiel sein Blick auf das zitternde Pferd, von dem Kane eben absaß, und seine Augen weiteten sich.

»Alle Wetter! Ich kenne doch jeden Besenschwanz aus Daytons Stall. Der hier aber gehört nicht dazu.«

»Er stammt auch nicht von Dayton; er gehört zu Friday's Station«, antwortete Kane. »Die Paiutes haben den Kriegspfad betreten. Zwischen hier und Carson gibt es kein einziges unzerstörtes Haus mehr. Und dann die Toten – Mike und Duffy –, ich habe sie gesehen.« Seine Stimme begann zu schwanken.

»Wart einen Moment, ich habe etwas für dich«, sagte Colby hastig.

Er eilte ins Haus und kehrte mit einer flachen Blechflasche zurück: »Nimm einen kräftigen Schluck, das wird dir wieder auf die Beine helfen. Manchmal ist Whisky die beste Medizin für einen Mann.«

Kane trank; sein Magen hörte auf zu revoltieren.

»Sonst noch Neuigkeiten?« forschte Colby.

Kane nahm einen zweiten Schluck und nickte.

»Ja. In Carson City haben sie ein Aufgebot zusammengestellt, um die Paiutes zu bestrafen, und dazu alle Pferde beschlagnahmt. Auch unsere. Darum mußte ich mit dem von Friday die gesamte Strecke vom Lake Tahoe bis hierher durchreiten.«

»Der arme Gaul.« – Colby warf einen Blick auf das zitternde Pferd. »Na, um den werden wir uns gleich kümmern. Los, Pete, die Mochila auf Belle!«

Er hielt Kane die Flasche hin: »Noch einen Schluck!«

Kane schüttelte den Kopf.

»Nein; lieber Wasser.«

Er trank und faßte nach Belles Sattelhorn. »Seid vorsichtig!« rief er den beiden Männern zu. Dann war er wieder unterwegs.

Die letzten fünfzehn Meilen legte er ohne Zwischenfälle zurück – aber er sah viel Staub in der Wüste aufliegen und bemerkte die zitternden Finger der Rauchsignale auf den fernen Bergen. Die Paiutes waren ein großer Stamm. Friday, der sie gut kannte, hatte behauptet, daß sie jederzeit ein paar hundert Krieger ins Feld stellen könnten. Die würden sich von den Männern aus Carson City nicht so einfach über den Haufen reiten lassen.

Kane erreichte Fort Churchill, wo er abgelöst werden sollte. Aber die Unruhen hatten sich schon herumgesprochen, und der nächste Reiter weigerte sich, sich auf den gefährlichen Weg zu machen.

»Bis zur nächsten Heimstation Smith's Creek sind es hundertfünfzehn Meilen«, erklärte er, »und das ist eine verdammt lange Strecke. Habe keine Lust, von den Paiutes geschnappt und massakriert zu werden.«

»All right, dann werde ich es für dich tun«, sagte Kane, bestieg das frische Pferd und ritt weiter. Die nächsten Stationen waren noch in Ordnung. In Carson Sink, Stillwater, Sand Springs, Crustle Rock und Cold Spring stand jedesmal ein ausgeruhtes Pferd für ihn bereit. Im Morgengrauen des 12. Mai erreichte er Smith's Creek, wo er abgelöst wurde und wie ein Toter ins Bett fiel. Er hatte einhundertneunzig Meilen in etwas mehr als achtzehn Stunden geschafft, davon das letzte Stück während der Nacht.

Als er aufwachte, hatte er sieben Stunden geschlafen und verspürte einen Bärenhunger. Er aß und machte sich zum Rückritt fertig, denn die Post aus dem Osten wurde jeden Augenblick erwartet. Genau acht Stunden, nachdem er Smith's Creek erreicht hatte, verließ er es wieder, um den langen Weg nach Fort Churchill anzutreten.

Gewarnt durch die Ereignisse des Vortages ging er diesmal mit der Kraft seines Pferdes vorsichtiger um. Wie recht er daran tat, erkannte er, als er Cold Spring erreichte. Die Station war inzwischen von den Paiutes niedergebrannt, der Kepper getötet und die Pferde weggetrieben worden.

Kane stieg bei der Quelle ab, die diesem Platz ihren Namen gegeben hatte, um zu trinken und seinem Pferd die Nüstern auszuwaschen. Aber entsetzt prallte er zurück. Der Kadaver eines erschlagenen Hundes lag im Wasser und hatte es vergiftet.

Durstig und auf einem ebenso durstigen Pferd ritt er weiter. Crustle Rock hieß sein nächstes Ziel. Er fand die Station unbeschädigt, aber verlassen. Keine Menschenseele ließ sich mehr blicken, und kein frisches Pferd stand zur Ablösung bereit. Kane nahm an, daß der Stationsleiter mit seinen Männern nach Fort Churchill geflohen war, um sich in Sicherheit zu bringen. Und die Pferde hatte man mitgenommen, weil man glaubte, daß niemand mehr wegen ein paar Briefen sein Leben aufs Spiel setzen würde.

Aber Sand Springs, die nächste Station auf Kanes langem Weg, war nicht verlassen. Ein Mann war geblieben, ein hart aussehender Oldtimer der Grenze, der sich nicht gleich vor ein paar bemalten Rothäuten die Hosen vollmachte. Er hielt zwei gesattelte Pferde bereit, eins für Kane und das andere für sich selbst.

»Höre«, sagte er zu Kane, »werde mit dir reiten. Alle anderen sind schon abgehauen und haben auch alle Gäule mitgenommen bis auf die zwei. Ich allein hätte keine Chance, die verdammten Injuns abzuwehren, wenn sie jetzt angriffen. Und – verdammt noch mal! – niemand bezahlt mich dafür, daß ich mich von ihnen abschlachten lasse.«

Er hob den Kopf und schnupperte: »Und sie werden bald angetanzt kommen, darauf kannst du dich verlassen. Ich kann es riechen; ob du es nun glaubst oder nicht, ich kann es riechen, daß sie kommen.«

Kane war es recht, denn zu zweit hatten sie eine größere Chance, sich durchzuschlagen. Erst viel später erfuhr er, daß die

Paiutes tatsächlich am nächsten Tag Sand Springs angegriffen und dem Erdboden gleichgemacht hatten.

Die Station von Stillwater war verlassen und zerstört, aber Carson Sink existierte noch, und ein frisches Pferd stand für Kane bereit. Hier ließ er seinen Gefährten zurück, um die nächsten Meilen bis Fort Churchill herunterzugaloppieren. Dort angekommen, sank er todmüde und heißhungrig aus dem Sattel – aber diesmal gab es keine Ablösung für ihn. Die Strecke von Fort Churchill bis Friday's Station mußte noch bewältigt werden – und ohne Zweifel war sie die gefährlichste von allen.

Kane schlang hastig ein paar Bissen hinunter, trank eine Tasse Kaffee und vertrat sich die vom langen Reiten taub gewordenen Beine, ehe er sich auf Belles Rücken schwang.

»Sei auf der Hut, Junge!« rief der Stationsleiter ihm nach, als er davongaloppierte.

Belle fand den Weg nach Dry Creek im Schlaf, und Kane überließ es ihr, das Tempo zu bestimmen. Er war so müde, daß er im Sattel einzuschlafen drohte. Mit Schießpulver, das er sich in die Augen rieb, hielt er sich wach.

Ein Schuß knallte aus einem Salbeibusch am Wege, und Kanes Hut saß plötzlich schief. Unwillkürlich duckte er sich tiefer in den Sattel.

Belle machte den Hals lang und forcierte das Tempo. Kane spähte seitwärts. Vier berittene Krieger tauchten aus den Büschen auf und machten sich an die Verfolgung. Zwei weitere galoppierten aus einer Bodenfalte und versuchten, ihm den Weg abzuschneiden. Kane sah die weißen Wölkchen des Pulverdampfs bei ihnen aufpuffen, noch bevor er das Krachen der Schüsse vernahm. Aber die Kugeln gingen weit vorbei.

Belle flog wie eine Gazelle den staubigen Pony Trail dahin. Kleinere Büsche und Unebenheiten des Bodens nahm sie im Sprung. Dabei lief sie so ruhig, daß man im Sattel die Zeitung hätte lesen können. Kane beugte sich vor und klopfte ihr den Hals.

»Gutes altes Mädchen!«

Die Krieger feuerten noch ein paarmal auf ihn und gaben es dann auf. Sie schrien noch eine Weile hinter ihm her und schwenkten drohend ihre Waffen. Aber ihre Mustangs vermochten nicht, Belles Tempo durchzustehen. Sie fielen immer weiter zurück, und als Kane schließlich über einen flachen Hügel galoppierte, sah er sie nicht mehr.

Er nahm die Zügel etwas an, um die Geschwindigkeit zu verringern. Vielleicht existierte Dry Creek Station auch schon nicht mehr, dann mußte er versuchen, bis Carson City durchzureiten. Deshalb hieß es, mit den Kräften der Stute hauszuhalten.

Nach einer Weile sah Kane weit vor sich die dunkle Linie des Trockenbetts auftauchen, in dem die Swing-Station lag. Er ritt zur Sohle des versandeten Bachlaufes hinunter und folgte ihr. Dabei spähte er fortwährend nach rechts und links. Er wollte nicht von den Paiutes überrumpelt werden. Zu deutlich hatte er noch die verstümmelten Körper von Mike und Duffy in Dayton Station vor Augen.

Dann tauchte hinter einem Knick des Trockenbettes Dry Creek Station vor ihm auf. Der Pferdecorral war leer, das sah er auf den ersten Blick. Auf den zweiten erkannte er Nick Colby, der neben etwas kniete, das beim Gatter am Boden lag.

Kane zügelte die Stute und sprang ab. »Nick!« rief er heiser.

Colby hob den Kopf und starrte ihn an – und Kane erkannte die Tränen, die in seinen Augen schimmerten.

»Was ist denn los, Nick?«

Colby erhob sich und gab den Blick auf das Etwas frei, neben dem er gekniet hatte.

»Da sieh dir an, was diese roten Schufte meinem armen alten Pete angetan haben!«

Das Etwas am Boden war Pete Storm; und er war tot.

VI

Kane stand steif da und fühlte seinen Mund trocken werden. Pete lag in einer dunklen Lache von eingetrocknetem Blut. Aus seiner Kehle ragte ein Pfeilschaft. Außerdem hatte man ihm den Schädel eingeschlagen.

»Wie konnte das geschehen, Nick?«

Colby zuckte mit den Schultern.

»Wollte mich ein wenig umschauen. Kundschaften, verstehst du? Hatte schon den ganzen Morgen so ein komisches Gefühl im Bauch. Nahm also mein Gewehr und machte mich auf die Strümpfe. Zu Fuß, weil das nicht soviel Staub aufwirbelte. Vor einer Viertelstunde kam ich zurück, gerade noch rechtzeitig, um mit meinen Kugeln ein paar Paiutes zu vertreiben, die eben das Haus anzünden wollten. Alle Reservepferde waren verschwunden – und Pete lag so am Boden, wie du ihn hier sichst.«

»Guter alter Pete«, murmelte Kane.

»Wenn ich nur ein wenig früher gekommen wäre«, begann Colby.

»Dann wärst du wahrscheinlich auf den Haupttrupp gestoßen und jetzt ebenso tot wie Pete«, ergänzte Kane.

Colby starrte ihn unglücklich an. »Zu zweit hätten wir sie wahrscheinlich abwehren können. Warum bin ich nur fortgegangen! Ich bin dran schuld, daß Pete sterben mußte.«

»Ach Unsinn!« versuchte Kane ihn zu beruhigen. »Die Hälfte aller Stationen zwischen hier und Smith's Creek ist zerstört. Und die andere Hälfte wird auch noch drankommen. Die Paiutes scheinen aufs Ganze zu gehen.«

Er dachte an die Post, die weiterbefördert werden mußte, und griff nach dem Sattelhorn.

»Dann werde ich jetzt . . .«

»Unmöglich!« unterbrach ihn Colby. »Bis Carson sind es noch fast vierzig Meilen, und die ganze Ebene wimmelt von berittenen Indianern. Ich habe sie selbst gesehen – viele, viele. Belle ist ein erstklassiger Renner, aber eine solche Strecke könnte selbst sie nicht in vollem Galopp durchstehen. Und du müßtest stets im höchsten Tempo reiten, denn alles andere käme Selbstmord gleich.«

»Es muß versucht werden«, erwiderte Kane und schwang sich in den Sattel.

Eine halbe Stunde später war er wieder zurück – mit einem Dutzend wie die Teufel heulender Krieger auf seinen Fersen, die erst durch Colbys Gewehrfeuer zurückgetrieben wurden.

»Na, was habe ich dir gesagt?« murmelte Colby, während Kane die schweißnasse Stute in den Schatten des Vordaches führte.

»Du hattest recht«, mußte Kane zugeben. »Zu viele Rothäute zwischen Dry Creek und Carson. Es gibt kein Durchkommen mehr. Ob ich es einmal während der Nacht versuche?«

»Wenn du unbedingt deinen Skalp loswerden willst, dann nur zu«, gab Colby zur Antwort.

Er hatte Pete Storms Leiche vom Blut gesäubert und in eine Decke gehüllt. Jetzt ging er daran, aus Kistenbrettern einen primitiven Sarg zu zimmern.

»Es ist mir verhaßt, meinen alten Kumpel so einfach der Erde und den Würmern zu überlassen«, sagte er dabei zu Kane. »Nimm du inzwischen mein Gewehr, und paß auf, daß die Paiutes uns nicht über den Pelz geraten.«

Kane arbeitete sich zum Rande des Trockenbetts hinauf und legte sich in eine Bodenfalte. Wohin er auch blickte, überall sah er die feinen Staubschleier auftauchen, die Bewegung verrieten. Alle Paiute-Krieger schienen sich auf der Hochwüste versammelt zu haben, um den weißen Mann ein für allemal vom Angesicht ihres Landes zu vertilgen.

Ob es ratsam wäre, sich nach Fort Churchill abzusetzen, solange es noch ging?

Aber als Kane nach Osten blickte, entdeckte er auch dort die dichten Wolken von wirbelndem Staub. Natürlich hatten ihnen die Paiutes diese Rückzugsmöglichkeit ebenfalls längst abgeschnitten.

Colby hatte inzwischen ein Grab im Corral ausgehoben, und in der Abenddämmerung betteten die beiden Männer den Toten hinein.

»Pete hat Pferde immer gemocht«, sagte Colby mit belegter Stimme. »Und sobald der Pony Express wieder läuft, wird er es hören können, wenn die Kuriere hier vorbeidonnern. Solange ein Postreiter auf dieser Route galoppiert, wird Pete Storm nicht einsam sein.«

»Amen«, murmelte Kane, und danach schaufelten sie hastig das Grab zu und klopften die Erde fest. Es war möglich, daß sie selbst die nächsten Tage nicht überlebten, dann sollten die Indianer wenigstens nicht wissen, wo Pete schlief, damit sie ihn nicht ausgraben und verstümmeln konnten, wie es manchmal ihre Art war.

»Und jetzt?« wollte Kane wissen.

Colby zuckte mit den Schultern.

»Einer von uns muß ständig Wache halten, während der andere schläft. Ich habe noch Petes Gewehr im Haus, dazu eine

Schrotflinte und zwei Colts. Wir werden ihnen Blei zu schlucken geben, sobald sie angetanzt kommen. Überraschen können sie uns jedenfalls diesmal nicht mehr.«

Das sagte Kane sich auch. Die meisten niedergebrannten Stationen, die er auf seinem langen Ritt gesehen hatte, waren sicherlich einem plötzlichen Handstreich zum Opfer gefallen. Damit war es nun vorbei. Wenn die Paiutes nicht Krieger verlieren wollten, mußten sie sich etwas Neues einfallen lassen.

»Es könnte auf eine Belagerung hinauslaufen. Wie steht's mit dem Wasser?«

»Das ist der springende Punkt«, erwiderte Colby und kratzte sich das Kinn. »Der Windmotor pumpt es in den Trog im Corral. Von dort müßten wir jeden Tropfen ins Haus schleppen.«

»Wobei man uns wie Hasen abknallen könnte«, ergänzte Kane. »Komm, laß uns jedes Gefäß füllen, das wir finden können.«

So machten sie sich an die Arbeit, obwohl Kane todmüde war von den langen Stunden im Sattel. Zuletzt führten sie Belle ins Haus, wo sie vor feindlichen Kugeln sicher war, und richteten in einer Ecke einen Platz für sie her. Kanes Beine waren steif und taub vor Müdigkeit, und seine Augen brannten.

»Nur eine Sekunde«, sagte er zu Colby und setzte sich auf eine der Kojen an der Wand. Im nächsten Augenblick war er tief und fest eingeschlafen.

Colby legte eine Decke über ihn, denn die Nächte im Mai wurden hier draußen immer noch empfindlich kühl. Dann blies er die Lampe aus, ergriff sein Gewehr und ging hinaus, um Kanes Schlaf zu bewachen. Es war eine finstere Nacht ohne Mondschein, und nur die Sterne funkelten kalt und fern auf die Erde herab. Weit im Westen glühte der Himmel rötlich im Widerschein eines großen Brandes, und draußen in der Ebene bellten Coyoten. Aber Colby wußte, daß es keine echten Präriewölfe waren, sondern bemalte Paiute-Krieger, die sich auf diese Weise untereinander verständigten.

Auf dem Rande des Trockenbetts ließ Colby sich nieder und legte das Gewehr quer vor sich über seine Knie. Morgen früh würde Belle wieder ausgeruht und im Vollbesitz ihrer Kräfte sein, dann konnte der Junge versuchen, sich nach Fort Churchill durchzuschlagen. Er selbst würde hierbleiben und ihm den Rükken freihalten oder die Aufmerksamkeit der Paiutes auf sich lenken, das war sein Plan. Schließlich war er Kane noch etwas schuldig.

Er döste ein wenig vor sich hin, je weiter die Nacht fortschritt, wobei er auf den Aberglauben der Indianer baute, die nicht gern in der Dunkelheit kämpften. Plötzlich aber nahm er Geräusche vor sich in der wattigen Finsternis wahr. Sofort preßte er sich fester an den Boden und spannte den Hahn seines Gewehrs.

Gestalten bewegten sich am Rande des ausgetrockneten Bachbettes entlang. Stiefelsohlen knirschten im Sand, und ein Kleid raschelte. Das konnten unmöglich Indianer sein.

Colby wartete ab. Wenn es Weiße waren, dann befanden sie sich auf der Flucht vor den Paiutes und waren ängstlich und nervös. Ein Anruf hätte wahrscheinlich sofort einen Schuß als Erwiderung herausgefordert – und es war besser, wenn in einer solchen Nacht nicht geschossen wurde.

Die Gestalten kamen näher. Jetzt konnte er sie schon zählen. Es waren vier.

Seine an die Dunkelheit gewöhnten Augen erkannten die Umrisse von großen Hüten.

»Hier irgendwo in der Nähe muß es doch sein«, wisperte eine Stimme.

»Zum Teufel mit Ihnen!« erwiderte eine zweite ebenso leise, aber mit deutlicher Schärfe. »Haben Sie nicht behauptet, Sie kennen sich hier aus?«

»Das stimmt auch«, verteidigte sich die erste Stimme. »Aber in der Nacht hab' ich mich noch nie nach Dry Creek Station durchschlagen müssen – und vor allem nicht unter solchen Umständen. Da kann man sich schon mal irren.«

»Hört doch endlich mit dem Streiten auf«, flüsterte eine dritte Stimme, und die gehörte ohne Zweifel einer Frau.

Colby erhob sich geräuschlos und ließ den Hahn seines Gewehrs in die Ruherast gleiten. Wenn die Gents, die da in der Nacht herumgeisterten, eine Frau bei sich hatten, dann mußte ihnen geholfen werden.

»Hierher!« rief er leise.

Die vier Gestalten erstarrten augenblicklich. Colby hörte das Knacken von Metall.

»Nicht schießen!« fuhr er hastig fort.

»Wer sind Sie?« fragte die scharfe Stimme eines Mannes und weckte eine vage Erinnerung in ihm.

»Nick Colby, der Pony-Express-Manager von Dry Creek Station.«

»Na endlich!« Die Gestalt an der Spitze drehte sich zu den anderen um: »Habe ich es euch nicht gesagt, daß ich euch richtig führen würde?«

»Es war auch höchste Zeit«, schnarrte die scharfe Männerstimme wieder. »Hundert Dollar für nichts zum Fenster hinausgeworfen! Dafür, daß wir hier festsitzen und vielleicht morgen schon alle von den Paiutes massakriert werden – am liebsten möchte ich Ihnen Ihren verdammten Kopf von den Schultern blasen!«

»Hör doch auf, John!« flehte die Stimme der Frau.

Colby spitzte die Ohren. Eine Frau – ein Mann, der John hieß – und eine Stimme, die ihm bekannt vorkam. Wie Schuppen fiel es ihm von den Augen.

Aber jetzt ließ sich nichts mehr daran ändern.

Kane erwachte von plötzlichem Lichtschein.

Er fuhr hoch, weil er nicht wußte, wo er war, und knallte mit dem Kopf gegen etwas Hartes. »Hängt eine Decke vor das Fenster«, hörte er Nick Colby sagen.

Sein Erinnerungsvermögen kehrte zurück. Das, woran er mit dem Schädel geknallt war, war der Boden einer Schlafpritsche, die sich über ihm befand. Er selbst lag auf einer anderen in Dry Creek Station. Und Belle stand drüben in der Ecke und schlief auf drei Beinen, das vierte ruhend untergesetzt, wie es ihre Art war.

Kane schwang die Beine vom Bett. Am Tisch, auf dem die Lampe brannte, bewegten sich Gestalten. »Durst!« krächzte eine Stimme.

»Zuerst kommt die Lady dran«, erwiderte Colby. Kane hörte, wie er mit der Schöpfkelle klapperte.

Noch schlaftrunken trat er näher. Wo kamen diese Fremden her, mitten in der Nacht?

Vier staubgraue Gesichter wandten sich ihm zu, eines davon

war das einer Frau. Kane durchzuckte es wie ein feuriger Schlag.

Es war die Frau im grünen Kleid, die damals, in Carson City, ihm zugewinkt hatte: die Begleiterin von Gilmore. Und Gilmore war es auch, der an ihrer Seite stand. Allerdings trug die Frau heute kein grünes Kleid, sondern ein beigefarbenes, dessen Kragen aufgeknöpft war. Sie hatte sich den Saum abgerissen, um besser marschieren zu können. Der kleine Hut auf ihrem Kopf saß schief.

»Das ist Frank Kane, mein Freund, ein Kurierreiter vom Pony Express – und abgeschnitten wie wir alle«, sagte Colby. Dann griff er mit einem warnenden Druck nach Kanes Arm: »Frank, ich glaube, einen Teil der Herrschaften kennst du schon.«

»Ja, wir sind uns schon einmal begegnet«, schnarrte Gilmore. Seine dunklen Augen glitzerten bei der Erinnerung.

Colby deutete auf die beiden anderen Männer: »Mister Stiles, Mister Hammond. – Mister Stiles hat sich erboten – also er hat versucht . . .«

»Lassen Sie mich das besser erklären«, fuhr Gilmore dazwischen.

Er wies auf Stiles, der betreten auf seine Stiefelspitzen starrte: »Dieser Narr da hat hundert Dollar von mir und Hammond kassiert, mit dem Versprechen, uns sicher aus Carson City heraus und nach Fort Churchill zu bringen. Wissen Sie überhaupt, was in Carson passiert ist?«

»Keine Ahnung«, murmelte Colby.

»Well . . .« Gilmore leckte sich die trockenen Lippen: »Die Posse, die die Rothäute verfolgte, ist in einen Hinterhalt der Paiutes geraten und mit sechsundvierzig erschlagenen Männern nach Carson zurückgekehrt. Jetzt lebt die ganze Stadt in Furcht vor einem Überfall der Indianer. Da zogen wir es natürlich vor, uns aus dem Staube zu machen, solange es noch möglich schien.«

»Natürlich«, stimmte Colby zu. Kane sah, wie seine großen Fäuste sich ballten.

»Stiles hat versprochen, daß er uns durchbringen würde«, knirschte Gilmore. »Er hat das Geld genommen und uns geradenwegs den Rothäuten in die Arme kutschiert. Zum Glück war es so dunkel, daß wir uns zu Fuß davonmachen konnten.«

»Aber ich konnte doch nichts dafür«, jammerte Stiles. »Indianer haben sonst niemals in der Dunkelheit gekämpft.«

»Ich will mein Geld wiederhaben!« bellte Hammond. Seine Kleidung ähnelte der von Gilmore. Er besaß blasse farblose Augen und ein fleischiges Gesicht. Sein Rock bauschte sich an der linken Achsel auf, wo er ein Schießeisen in einem Schulterholster trug.

»»Ich auch!« fauchte Gilmore und legte die Hand an den Revolver.

»Die Paiutes kann es nur freuen, wenn ihr euch gegenseitig umbringt; dann haben sie leichtes Spiel mit uns«, sagte Kane.

»Er hat recht, John«, murmelte die Frau, von der Kane nur wußte, daß sie Nancy hieß. Erst später erfuhr er von Colby, daß ihr voller Name Nancy Sherman lautete und daß sie in Carson City Gilmore als Lockvogel gedient hatte, um Opfer an seinen Spieltisch zu schleppen.

Gilmore starrte Kane an. »Natürlich hat er recht, unser kluger junger Freund. Stiles braucht nur mit den hundert Dollar rauszurücken, und alles ist erledigt.«

Colby wandte sich an Stiles: »Geben Sie ihm das Geld.«

Stiles blickte von einem zum anderen. Er sah den unabänderlichen Entschluß in den Augen von Hammond und Gilmore. Sie waren wie Geier, die sich auf frisches Aas stürzten. Wenn er nicht mit dem Geld rausrückte, würde er noch in dieser Minute sterben.

»Da habt ihr es!«

Er warf das Banknotenbündel auf den Tisch: »Diese Nacht hat mich ruiniert. Pferde und Wagen eingebüßt, und dazu jetzt noch das. Aber wenn ich jemals lebend hier herauskomme ...«

»Ruhe!« brummte Colby warnend.

Hammond und Gilmore griffen gleichzeitig nach dem Geld, aber Gilmore war schneller. Er bekam die Banknoten zu fassen, blätterte ein paar Scheine davon ab und hielt sie Hammond hin: »Da hast du deinen Anteil.«

»Aber ich habe Stiles viel mehr gegeben«, protestierte Hammond.

»Wirklich?« Gilmore lächelte. »Nun, ich erinnere mich daran, daß Miß Sherman dir auch manchmal ausgeholfen hat, wenn es an deinem Spieltisch nicht so recht vorwärtsging. Da finde ich es nur gerecht, wenn du dich jetzt an ihren Reisekosten beteiligst.«

»Findest du?« knirschte Hammond mit rotem Kopf.

»Ja, das tue ich«, erwiderte Gilmore trocken und steckte seine Beute ein. Sie waren tatsächlich wie Aasgeier, die sich um einen Fleischbrocken stritten.

»Wenn ihr euch gegenseitig durchlöchern wollt, dann tut das draußen«, schnaubte Colby.

Gilmore schaute sich verstohlen um. Stiles wartete nur darauf, daß er und Hammond sich zerfleischten. Kane hatte sich in die Nähe seines Bettes zurückgezogen. Dort stand er im tiefen Schatten, und niemand konnte sehen, was er tat. Dieser Umstand beunruhigte Gilmore. Vielleicht hielt dieser Junge, der ihm schon einmal die Stirn geboten hatte, bereits sein Schießeisen in der Hand.

»In Ordnung.« Er lachte flasch. »Streiten wir uns nicht um ein paar lumpige Bucks.« Damit reichte er Hammond noch einige Scheine, die dieser rasch in seine Tasche stopfte.

»Ich bin müde«, klagte Nancy Sherman.

Kane trat aus dem Halbdunkel des Raumes auf sie zu und sagte: »Sie können mein Bett haben, wenn Sie wollen.«

»Danke.« Sie schenkte ihm einen langen Blick: »Ich danke Ihnen sehr.«

Gilmore sah, daß der Junge seinen Colt gar nicht umgeschnallt hatte; die Waffe hing mit Holster und Gurt an einem der Stützpfosten, die das Hüttendach trugen. Er ärgerte sich, daß er Hammond das viele Geld ausgehändigt hatte. Nun, vielleicht ließ sich das noch revidieren.

»Ich habe Hunger. Kann man hier etwas zu essen haben?«

Colby hob vage die Schultern.

»Wir sind eine Pony Express Station und nicht auf Gäste eingerichtet«, erklärte er. »Natürlich besitzen wir ein paar Vorräte, aber sie gehören nicht uns, sondern der Gesellschaft und sind nur für deren Angestellte bestimmt. Sie werden für jeden Bissen, den Sie bei uns bekommen, bezahlen müssen, Gentlemen.«

Gilmore kniff die Augen zu Schlitzen zusammen. Er erinnerte sich daran, daß dieser Bursche ihm schon einmal in den Weg getreten war und dann den Rückzug angetreten hatte.

»Nur nicht frech werden, Alter!«

»Zügeln Sie Ihre Zunge!« rief Kane scharf.

Er stand jetzt in der Nähe seiner Waffe, und es war ihm, als könne er in Gilmore lesen wie in einem offenen Buch. Egoismus war einer der hauptsächlichsten Charakterzüge dieses Mannes, gepaart mit Rachsucht, Arroganz und Rücksichtslosigkeit. Dazu kamen Härte und Geschicklichkeit im Umgang mit den Karten und einem sechsschüssigen Revolver. Moral war ein Begriff, den John Gilmore wahrscheinlich gar nicht kannte. Er würde einen Mann auch von hinten niederschießen, wenn es sein eigener Vorteil so wollte – sicherlich.

In die gespannte Atmosphäre tropften die Worte von Stiles: »Warum denn schon wieder streiten? Schätze, wir werden bald genug damit zu tun haben, uns die Paiutes vom Leibe zu halten. Wenn wir nicht zusammenstehen, sind wir schneller tot, als uns lieb sein kann.«

»Richtig«, schnaubte Colby. »Ich nehme an, die Gentlemen sind bewaffnet?«

»Sind wir«, gab Hammond zu.

»Well. – Dann wäre es gesünder, wenn einer jetzt hinausginge und die Wache übernähme.«

»Das werde ich tun«, sagte Kane.

Er schnallte seinen Colt um, ergriff das Gewehr von Pete Storm und ging zur Tür.

»Du mußt dich auf den Bauch legen und von unten nach oben spähen«, riet Colby. »Wenn sie dann kommen, kannst du sie leichter sehen, weil sie sich gegen den Himmel abzeichnen.«

Kane nickte und trat ins Freie. Eine scharfe Brise fuhr das Trockenbett entlang und schleuderte ihm Sand ins Gesicht. Er kletterte zum Uferrand hinauf und legte sich dort nieder. Dabei dachte er immer wieder an diese Frau, Nancy Sherman.

Sie war hübsch, wenn auch viel älter als er. Und sie gehörte zu Gilmore, einem Kartenhai und Killer, obwohl es so aussah, als ob Gilmore bereit wäre, sie jederzeit fallenzulassen, wenn es sein Vorteil erforderte. In gewisser Weise erinnerte sie Kane an Carry Dixon, die jetzt in einem einsamen Grab am Pony Trail schlief, östlich von Salt Lake City.

Er grübelte darüber nach, worin diese Ähnlichkeit liegen mochte, aber er kam nicht darauf. Vielleicht bestand sie nur darin, daß Nancy eine Frau war; ein weibliches Wesen wie

Carry. Aber Kane fühlte, daß ihre Nähe ihn tief beunruhigte.

Drinnen in der Hütte hatte Gilmore inzwischen das Pferd entdeckt.

»Wem gehört der Gaul?« fragte er.

»Dem Pony Express«, war Colbys lakonische Antwort. Er hütete sich, zu verraten, daß Belle Kanes persönliches Eigentum war.

Gilmore nahm die Lampe vom Tisch und trat damit zu der Stute.

»Sieht gut aus. Schnell und ausdauernd. Wozu ist sie bestimmt?«

»Frank Kane will morgen versuchen, mit ihr nach Fort Churchill durchzubrechen, um Hilfe zu holen«, erwiderte Colby.

»Soso«, murmelte Gilmore.

Er kehrte zum Tisch zurück, wo Stiles und Hammond saßen und sich über Brot und Speck hergemacht hatten, während Nacy schon auf Kanes Bett schlief.

»Hat er eine Chance?«

Die Frage kam ganz beiläufig, aber Colby fiel darauf herein.

»Mit dieser Stute allemal; sie ist das schnellste Pferd, das ich kenne«, sagte er.

Gleich darauf verdammte er sich dafür, daß es ihm entschlüpft war.

VII

Gegen Morgen wurde Kane von Stiles abgelöst. »Halten Sie die Augen gut offen«, sagte er zu ihm.

Stiles nickte.

»Schon gut. Aber seien Sie auch auf der Hut. Mir scheint, dieser Schuft von Gilmore plant etwas gegen Sie.«

»Danke«, murmelte Kane und ging ins Haus.

Es gab nur die beiden Schlafkojen an der Wand, denn Dry Creek war eine einfache Swing-Station mit geringer Besatzung. Gilmore hatte die obere mit Beschlag belegt, während Nancy Sherman immer noch auf der unteren schlief. Hammond schnarchte auf einer Strohschütte am Boden; sein Mund stand offen, was ihm ein törichtes Aussehen gab, und etwas Speichel troff über seine Unterlippe. Nick Colby saß am Tisch und hatte den Kopf auf beide Arme gelegt. Er blickte auf, als Kane eintrat.

Kane stellte das Gewehr an die Wand und hauchte in seine klammen Hände. Colby legte einen Finger warnend auf den Mund. Kane nickte und setzte sich zu ihm.

»Schwierigkeiten?« flüsterte er.

Colby zuckte mit den Schultern.

»Ich weiß nicht. Gilmore hat dich natürlich längst erkannt. Er tut freundlich, aber ich wette, er ist auf Kummer aus.«

»Stiles machte auch schon so eine Andeutung, der Mann scheint wenigstens ehrlich zu sein. Aber was hältst du von dem?« Damit wies Kane mit dem Kinn auf den schnarchenden Hammond.

»Ein Spieler; ein Glücksritter und Kartenhai«, brummte Colby verächtlich. »Er wird sich immer auf die Seite schlagen, die ihm den größten Vorteil verspricht.«

Kane nickte. Das war auch seine Meinung von diesem Mann.

»Vielleicht wäre es besser, sie zu entwaffnen, solange sie noch schlafen.«

»Entwaffnen und zum Teufel jagen, was? Denn daran hast du doch gedacht?« Colby schüttelte den Kopf. »Unmöglich, denn das hieße, sie den Rothäuten ausliefern. Und du hast doch selbst erlebt, was sie einem Weißen antun können. Es wäre unchristlich, sie einem solchen Schicksal zu überlassen.«

»Ich wette, wenn diese Aasgeier über uns zu entscheiden hätten, besäßen sie nicht so viele Skrupel«, murmelte Kane.

»Aber gerade das ist es ja, was uns von ihnen unterscheidet«, erwiderte Colby ernst. »Außerdem könnten wir sie gut zur Verteidigung gebrauchen, wenn es zu einem Angriff durch die Paiutes kommt.«

Das stimmte. Kane gähnte und reckte die Arme, um seine verkrampften Muskeln zu lockern.

»Werde noch etwas schlafen. Weck mich, wenn es Zeit zum Losreiten ist.«

Er breitete neben Belles Platz eine Decke am Boden aus und legte sich darauf. In dem niedrigen, halb in das Flußufer hineingegrabenen Haus war es gemütlich und warm. Kane versuchte noch eine Weile, an Gilmore, Hammond und Nancy Sherman zu denken. Aber seine Gedanken verwirrten sich wie die Steine eines Puzzlespiels, und schon war er in einen abgrundtiefen Schlaf versunken.

Er erwachte von Lärm und tobendem Geschrei. »Alarm – Alarm!« brüllte eine Stimme immer wieder.

Schlaftrunken warf er die Decke von sich, sprang auf und griff nach seinem Revolver. Helles Tageslicht flutete durch das einzige Fenster und die geöffnete Tür in den Raum. Der Mann, der immer wieder »Alarm!« schrie, war Stiles, bis Colby ihm die harte Hand auf den Mund legte und »Ruhe, verdammt noch mal!« zischte.

Nancy kauerte verstört auf ihrem Bett, ihr Haar war zerzaust und ihr Gesicht totenbleich. Sie hatte die Beine angezogen und die rauhe Wolldecke wie schützend um sich geschlungen. Ihre Lippen waren zu einem schmalen Strich zusammengepreßt.

Hammond hockte im entferntesten Winkel. Sein Gesicht besaß eine teigige Färbung, und seine schlaffen Hängebacken schlotterten. In der zitternden Hand hielt er einen kurzläufigen Revolver, aber es war nicht sicher, ob er sich dessen überhaupt bewußt war. In seinen Augen lag nackte Angst.

Wie eine Ratte in der Falle, dachte Kane angeekelt.

Gilmore stand seitlich neben dem Fenster und Nick Colby in der Nähe der Tür. Beide hatten Gewehre in den Händen, Colby das seine und Gilmore das von Pete Storm. Stiles war mit der Schrotflinte aus Colbys Beständen bewaffnet.

All diese Menschen starrten zur Tür hinaus auf eine Gruppe von scheußlich bemalten berittenen Indianern, die ihre Ponys auf dem gegenüberliegenden Ufer des Trockenbetts tummelten.

Es waren zwölf; alles noch junge Krieger und zu wenige, um die Station anzugreifen. Sie schwenkten drohend ihre Waffen und stießen herausfordernde schrille Schreie aus. Damit wollten sie den Bleichgesichtern zeigen, was sie von ihnen hielten.

»Schießt nicht, denn sie sind nicht gefährlich«, murmelte Colby. »Sie wissen, daß sie uns nur von dieser Seite angreifen können, weil uns hinten der Hügel schützt, und dazu sind sie zu schwach. Sie werden noch eine Weile herumprahlen und dann davonreiten, darauf könnt ihr euch verlassen.«

»Und mit Verstärkung zurückkehren!« knirschte Gilmore.

»Vielleicht.« Colby zuckte mit den Schultern. »Aber darüber vergeht Zeit. Es kann durchaus möglich sein, daß bis dahin schon die Hilfe aus Fort Churchill gekommen ist, die Frank Kane nachher ranholen wird.«

»Vielleicht – vielleicht!« bellte Gilmore. »Er reitet weg, aber wir müssen hierbleiben. Bis die Hilfe wirklich kommt, können wir schon alle tot und massakriert sein.«

Colby drehte langsam den Kopf und starrte ihm in die Augen: »Wenn Sie einen besseren Vorschlag zu machen haben, dann lassen Sie uns nicht lange zappeln. Nun, Mister?«

Gilmore biß sich auf die Lippen. Kane sagte ruhig: »Niemand hat Sie gebeten, nach Dry Creek Station zu kommen. Aber wenn Sie schon einmal da sind, sollten Sie sich in das Unvermeidliche fügen, statt weiterhin Wirbel um nichts zu machen.«

»Da hat er recht«, pflichtete Stiles bei. »Lamentieren nützt jetzt nichts mehr. Wir müssen abwarten, was aus der Sache wird.«

»Wir werden wie Männer kämpfen und unsere Haut so teuer wie möglich verkaufen«, erklärte Colby. »Das wissen auch die Paiutes genau. Sie können uns nicht mehr überraschen wie die anderen Stationen. Bei einem Kampf würden sie viele Krieger einbüßen. Es ist noch gar nicht sicher, ob sie sich zu einem Angriff entschließen. Vielleicht kommen wir ohne einen einzigen Schuß davon.«

Einer der Jungkrieger trieb sein Pony, das mit roten und schwarzen Streifen bemalt war, an den Rand des Trockenbetts, hob das Gesäß aus dem Sattel und machte eine obszöne Gebärde. Seine Kameraden lachten, denn er wollte damit zeigen, was er von den Weißen hielt.

Er mußte der Sohn eines bedeutenden Mannes bei seinem Stamm sein, denn er trug ein mit Perlen besticktes Jagdhemd aus Rehleder und hatte ein Gewehr quer vor sich über den Schenkeln liegen, während die anderen nur mit Bogen, Pfeilen und Lanzen bewaffnet waren.

Der junge Paiute lachte und zeigte spöttisch zu den Weißen hinunter. Dann riß er seinen Mustang auf den Hinterbeinen herum und ritt zu seinen Gefährten zurück – und in diesem Moment krachte ein Schuß.

Der Krieger wankte im Sattel und sackte langsam vornüber. Mit schwindender Kraft versuchte er noch, sich an der Mähne seines Pferdes festzuhalten. Dann lösten sich seine Fäuste, und er schlug schwer auf die Erde. Im Handumdrehen bildeten seine Brüder einen heulenden, jammernden Kreis um ihn. Nach einer Weile hoben sie den Toten aufs Pferd und ritten fort, wobei sie ihre Waffen mit drohenden, zornigen Gebärden schwenkten.

Drunten in der Station setzte John Gilmore das rauchende Gewehr ab.

»Wieder eine von den roten Läusen weniger«, sagte er.

»Aber das war ein durchaus unnötiger Mord, John!« rief Nancy entsetzt.

»Meinst du?« Mit kalten Augen blickte er sie an. »Je mehr von dieser Brut vertilgt werden, desto besser.«

»Dieser Schuß«, erklärte Colby mit tonloser Stimme, »wird uns allen das Leben kosten. Wenn die Paiutes bisher nicht zum Angriff entschlossen waren – jetzt sind sie es. Sie sind nun weggeritten, um Verstärkung zu holen.«

Sein Blick glitt von einem zum anderen: »Und sie werden wiederkommen. Bald! Ehe es Nacht wird, ist keiner von uns noch am Leben.«

»Um Himmels willen!« ächzte Hammond.

Stiles wurde weiß wie Kalk. Kane biß die Zähne zusammen. Seit dem Überfall auf den Wagenzug und Carry Dixons Tod empfand er nichts mehr für die Indianer, aber jetzt packte ihn doch Entsetzen. Denn hier saßen sie wie die Mäuse in der Falle.

»Betet, wenn ihr könnt«, sagte Colby, »denn in ein paar Stunden sind wir alle tot.«

»Ich nicht!« schrie Gilmore.

Er ließ das Gewehr fallen. Plötzlich hatte er seinen Revolver in der Hand. Er richtete den Lauf auf Kane: »Sattle die Stute, Junge! Und tu es schnell!«

»Tu's doch selbst«, erwiderte Kane. Er stand streif wie ein Ladestock und berechnete seine Chancen. Aber sie waren miserabel.

Ein langer Sprung trug Gilmore zu Nancy Sherman. Mit der linken Faust packte er in ihr langes Haar und riß ihr mit einem brutalen Ruck den Kopf in den Nacken. Dann preßte er ihr die Mündung des Revolvers gegen die Kehle.

Den Finger am Abzug und den Daumen auf dem Hammer, starrte er Kane an: »Du tust, was man dir sagt, oder ich blase ihr ein Stück Blei durch die Gurgel!«

»John – bitte nicht!« flehte Nancy.

»Halt den Mund!« tobte Gilmore. »Du gehst mir schon lange auf die Nerven. Zugegeben, du bist zu manchen Dingen ganz brauchbar, aber wenn's ums Leben geht, ist sich jeder selbst der Nächste.«

Er spannte den Hammer seines Colt: »Worauf wartest du noch, Junge? Ich erschieße erst sie und dann dich, wenn du nicht spurst!«

»Besser, du gehorchst, Frank«, murmelte Colby.

Kanes Widerstandswille erwachte. Er hatte vorhin, als er aufgewacht war, seinen eigenen Revolver vorn in den Hosenbund gesteckt. Jetzt zuckte seine Hand danach. Aber Gilmore erkannte die Bewegung sofort.

»Schlaumeier!« fauchte er. »Du willst wohl, daß sie stirbt? Wenn du dein Schießeisen nur mit den Fingerspitzen berührst, jage ich ihr eine blaue Bohne durch den Hals.«

»Schon gut«, sagte Kane. »Schon gut.«

Gilmore befahl: »Zieh deine Kanone aus dem Gürtel und wirf sie hier aufs Bett. Aber nimm nur die Linke dazu – und schön langsam, langsam! Gut so. Und jetzt endlich den Sattel auf den verdammten Gaul.«

Kane erkannte, daß er gehorchen mußte, wenn es nicht zu einem Blutbad kommen sollte, in dem mindestens das Mädchen und er selbst getötet wurden, bevor die anderen Gilmore überwältigen konnten.

Er trat zu Belle, die unruhig in ihrer Ecke stampfte.

»Nur ruhig, altes Mädchen, ruhig.«

Er schwang den Sattel auf ihren Rücken und zog den Gurt fest. Dann streifte er ihr das Zaumzeug über und schlang die Zügelenden ums Sattelhorn.

»Führ sie zur Tür«, befahl Gilmore. »Aber denk immer daran, wenn du wegzureiten versuchst, bekäme diese hübsche Lady hier die erste Kugel und die zweite der Gaul. Dann blieben immer noch vier für dich übrig.«

Kane fing einen Blick von Nancy auf, der um Erbarmen flehte. Wenn sie keine Frau gewesen wäre, hätte er es riskiert. Aber sie war nun eben mal eine Frau – und eine junge, hübsche noch dazu. Er besaß kein Recht, sie durch diesen Wahnsinnigen umbringen zu lassen.

Gilmore richtete seinen Colt auf Hammond. »Du, raus mit dem Geld aus deinen Taschen! Schätze, daß es mir mehr nützt als dir.«

»Aber John«, stotterte Hammond, bleich wie der Tod.

»Hör auf damit!« tobte Gilmore. »Wenn die Paiutes kommen, hast du keine Verwendung mehr für die Zechinen. Also leg sie da auf den Tisch – schnell!«

»Tun Sie lieber, was er sagt«, murmelte Colby.

Hammond gehorchte, aber jeder konnte sehen, wie schwer es ihm fiel, sich von dem Geld zu trennen.

»Wenn ich jemals hier lebend rauskomme . . .«, begann er.

»Du wirst aber nicht lebend hier rauskommen«, höhnte Gilmore. »Keiner von euch! Nur ich.«

Nancy immer noch wie einen Schild vor sich haltend, machte er eine Bewegung mit dem Revolverlauf, die Colby, Stiles und Hammond einschloß:

»Hinlegen! Flach auf den Boden, Gesicht zur Erde und Hände hinter dem Nacken. Los!«

Colby gehorchte als erster; danach folgten auch Hammond und Stiles seinem Beispiel.

»Wenn ich bisher nicht gewußt hab', daß Sie ein Schwein sind, Gilmore, dann weiß ich's jetzt«, knurrte Stiles dabei.

Gilmore lachte schneidend.

»Eigentlich sollte ich dich dafür kaltmachen. Aber warum noch eine Kugel an dich verschwenden? Das werden bald andere für mich besorgen.«

Er stieß Nancy vor sich her zum Tisch und stopfte Hammonds Geld in seine Tasche.

»Fühlt sich gut an. Ich wette, du hast noch mehr bei dir, alter Junge, und rückst nur nicht damit raus. Leider hab' ich keine Zeit, mich gründlicher drum zu kümmern.«

»Sei verdammt!« knirschte Hammond. »Möge deine schwarze Seele in der Hölle faulen!«

»Deine wird viel früher als meine dort sein«, grinste Gilmore. »Bleibt jetzt hübsch ruhig liegen, Jungens, bis ich fortgeritten bin. Sobald sich vorher einer rührt, mach ich Nancy kalt.«

Das war keine leere Drohung. Kane, der mit Belle vor der Tür stand, sah das totenblasse Gesicht der Frau – und das Flackern in Gilmores Augen. Dieser sadistische Mörder, der einen jungen Indianer nur so zum Spaß abgeknallt hatte, würde auch keine Sekunde zögern, seine eigene Freundin umzubringen. Der Blutrausch hatte ihn überkommen.

Gilmore zerrte Nancy ins Freie. »Zurück mit dir!« fauchte er Kane an.

Kane ließ Belles Zügel los und lehnte sich an die Hüttenwand. Es war ihm verhaßt, diesem blutgierigen Killer sein gutes Pferd zu überlassen, aber es gab keine andere Möglichkeit, das Leben der Frau zu retten.

Gilmore gab Nancy einen Stoß, daß sie zu Boden sank. Mit einem Sprung saß er im Sattel. Die Zügel in der linken, richtete er mit der rechten Hand seinen Colt auf Kane.

»Wir beide, schätze ich, haben auch noch eine Geschichte ins reine zu bringen.«

Nancy richtete sich auf und streckte die Arme nach ihm aus.

»Nimm mich mit, John! Laß mich jetzt nicht im Stich!«

»Dich mitnehmen?« Gilmore lachte kalt. »Das hieße meine eigene Chance um hundert Prozent verringern, denn der Gaul hätte doppelte Last zu schleppen. Nein, Baby – nein!«

Tränen stürzten plötzlich aus den Augen der Frau und überschwemmten ihr Gesicht. Aber sie weinte nicht nur aus Angst vor einem entsetzlichen Sterben, sondern auch darum, daß sie ihre Liebe, ihr Vertrauen und die besten Jahre ihrer Jugend einem Schurken gewidmet hatte.

»Aber John, was hab' ich dir denn getan?«

»Hören Sie auf damit«, sagte Kane hart. »Erniedrigen Sie sich vor diesem Schwein nicht selbst. Eher könnten Sie einen Stein erweichen als ihn.«

»Wie recht er hat, unser kluger junger Freund«, spottete Gilmore. »Es ist längst entschieden, Nancy: Ich reite weg, und du bleibst. Hier trennen sich unsere Wege.«

»Aber warum, John, warum?« flüsterte sie tonlos, und ihre Lippen bebten.

Mit kalten, gefühllosen Augen blickte der Mann im Sattel auf sie herab.

»Ist das denn so schwer zu begreifen, Schätzchen? Mit nur einem Pferd hat auch nur einer die Chance, sich zu retten, und dieser eine werde eben nun mal ich sein. Tut mir leid, aber so ist das nun mal. Pech für dich, Baby.«

»Dann sei gnädig und erschieß mich lieber!« schrie sie ihn an.

»Dich erschießen?« Gilmore runzelte die Stirn. »Nein, denn das wäre nur unnütze Verschwendung von Pulver und Blei, und darauf bin ich vielleicht noch angewiesen.«

Sein Gesicht verzerrte sich plötzlich: »Denn eine Kugel habe ich sowieso noch jemandem versprochen.«

Seine haßfunkelnden Augen richteten sich auf Kane.

»Dir!« schäumte er und schwang seinen Colt empor.

Kane sah den weißen Pulverrauch aus der Mündung puffen, zugleich mit dem roten Blitz des Mündungsfeuers.

Etwas schmetterte gegen seinen Kopf. Er wankte und rutschte an der Hüttenwand herunter, sackte langsam in die Knie. Die Welt um ihn wurde plötzlich so seltsam dunkel. Seine Beine gaben nach, der trockene, raschelnde Sand des Flußbettes berührte sein Gesicht. Daraus schloß er, daß er am Boden lag.

In seinem Mund war fader Blutgeschmack. Er vernahm noch den trommelnden Hufschlag eines in voller Karriere davonrasenden Pferdes, aber daß es Belle war, das drang schon nicht mehr in sein Bewußtsein.

Seine letzte Empfindung war die Berührung einer Hand. Danach versank er in einem abgrundtiefen, schwarzen Nichts.

VIII

Colby stürzte als erster mit dem Gewehr in der Hand ins Freie.

»Dieses verfluchte Schwein! Der räudige Bastard!«

Er warf sich neben Kanes niedergemähten Körper auf die Knie, Gilmore war schon hinter einem Knick des Trockenbetts verschwunden, und Belles schnelle Beine trugen ihn mit jeder Sekunde, die verstrich, weiter fort.

Nancy kauerte weinend im Staub. »Aus dem Wege!« fuhr Colby sie an.

Er schob Kanes Hemdkragen zurück und legte die Fingerspitzen auf die Halsschlagader.

»Lebt er noch?« fragte Nancy flüsternd.

»Ja!« schleuderte Colby ihr ins Gesicht. »Aber nur der Himmel weiß, wie lange. Ihr Spielerbrut! Warum mußtet ihr euch ausgerechnet diesen Platz aussuchen, um unterzukriechen?«

Sofort tat es ihm leid, was er gesagt hatte. Sie konnte ja nichts dafür.

»Na ja, schon gut. Ich frage mich nur, wo ihr Frauen eure Augen habt, daß ihr euch immer den falschen Mann aussucht.«

Er nickte Nancy zu: »Helfen Sie mir, ihn umzudrehen. Vorsichtig! Vorsichtig!«

Jetzt lag Kane auf dem Rücken, mit geschlossenen Augen und totenblassem Gesicht. Aus einer Kopfwunde sickerte Blut. Colby zog seine Jacke aus, rollte sie zusammen und schob sie ihm unter den Nacken.

Hammond und Stiles kamen aus dem Haus und schauten sich mißtrauisch um. Ein Schuß war gefallen, und darum wagten sie sich erst jetzt ins Freie.

»Mein schönes, schönes Geld!« begann Hammond zu jammern.

»Wenn Sie den Mund nicht halten, werden Sie tot sein, noch ehe die Paiutes kommen!« fuhr Colby ihn an.

Stiles beugte sich über Kane. »Ist er tot?«

Colby schüttelte den Kopf.

»Noch nicht. Faß zu, wollen ihn aus der Sonne bringen.«

Kane war ein Leichtgewicht, aber sein schlaffer Körper ließ sich nur schwer packen. Hammond weigerte sich standhaft, ihn zu berühren.

»Er könnte doch schon tot sein, und einen Toten anzufassen bedeutet Unglück, das ist eine alte Spielerregel«, erklärte er. Sein schwammiges Antlitz war mit dicken Schweißperlen bedeckt.

»Am liebsten möchte ich Ihnen Ihr feistes Genick umdrehen!« bellte Colby.

Nancy berührte sanft seinen Arm: »Lassen Sie nur, ich werde helfen. Ich bin nicht so schwach wie Sie glauben.«

»Schwach?« grunzte Colby. »Nur ein Narr hält euch Weibsbilder für schwach. Das ist ein Märchen, das ihr selbst in die

Welt gesetzt habt, um auf die Ritterlichkeit der Männer zu pochen.«

Stiles kam mit einer Decke. Sie hoben Kane darauf und schleppten ihn ins Haus. Dort wurde er auf die unterste Schlafkoje gebettet.

»Mach Licht, damit ich hier hinten besser sehen kann«, sagte Colby zu Stiles. »Und du, Mädchen« – damit wandte er sich an Nancy – »setz Wasser auf den Ofen und bring es zum Kochen, schnell.«

»Und ich?« wollte Hammond wissen.

Colby schnitt eine Grimasse.

»Sie können aufpassen und uns Bescheid sagen, wenn die Paiutes kommen.«

Hammond kniff die Lippen zusammen und schlich hinaus. Stiles kam mit der Lampe, während Nancy am Ofen mit den Töpfen hantierte.

»Wo bleibt das Wasser?« krächzte Colby.

»Gleich«, erwiderte sie.

Jetzt, nachdem die Würfel gefallen waren, schien sie sich mit bewundernswertem Gleichmut in das Unvermeidliche zu fügen. Sie brachte Colby den Topf mit dem kochenden Wasser, wobei sie einen Fetzen ihres Petticoats als Topflappen benutzte.

Verbandszeug, Desinfektionsmittel, Wundsalben und ein chirurgisches Besteck gehörten zur Standardausrüstung einer jeden Pony Express Station, denn wo viel mit Pferden umgegangen wurde, kamen auch häufig Verletzungen vor. Quetschungen, Knochenbrüche und Schuß- oder Pfeilwunden konnte jeder Stationsmanager behandeln.

Colby arbeitete geschickt und schnell. Schon hatte das Blut zu quellen aufgehört. Nur noch spärlich sickerte es aus einem fingerlangen Riß oberhalb von Kanes linker Schläfe.

»Allmächtiger!« sagte Stiles. »Nur einen Zoll weiter nach rechts und unser junger Freund da wäre eine Leiche.«

Colby reinigte die Wunde und rasierte anschließend das Haar um sie herum ab.

Als er das scharf brennende Desinfektionsmittel in die blutige Scharte träufelte, begann Kane zu stöhnen.

»Der arme Junge«, meinte Stiles. »Warum hat bloß Gilmore, dieser Bastard, noch einmal auf ihn geschossen?«

Colby schaute Nancy an, und sie gab seinen Blick zurück. Er und sie, sie beide kannten das Motiv. Beide zugleich dachten sie in diesem Moment an einen Abend in Carson City.

Nancy legte ihre schmale Hand auf Kanes Stirn. »Wird er noch lange bewußtlos bleiben?«

Colby zuckte mit den Schultern.

»Wahrscheinlich. Ich hoffe, daß der Knochen nicht verletzt ist. Das kann ich leider nicht feststellen, denn ich bin kein Arzt.« – Er ging daran, Salbe auf die Wunde zu streichen.

»Vielleicht wäre es sowieso besser für ihn, wenn er überhaupt nicht mehr zu sich käme«, murmelte Stiles.

»Was willst du damit sagen?« fuhr Colby auf.

»Muß ich denn noch deutlicher werden?« Stiles sandte einen Blick auf Nancy. »Habt ihr die Paiutes vergessen? Wird Zeit, daß wir an uns selber denken. Ich bin dafür, daß wir uns aus dem Staube machen.«

»Zu Fuß?« Colby schüttelte den Kopf. »Unmöglich!«

»Das sagst du nur, weil er dein Freund ist und wir ihn nicht mitschleppen können«, warf Stiles ihm hin.

»Nein, weil es unmöglich ist, den Paiutes zu Fuß zu entkommen«, erwiderte Colby. »Wenn wir hierbleiben und uns verteidigen, haben wir noch die Chance, auf Hilfe aus Fort Churchill zu rechnen. Eine Chance von eins zu tausend, wie ich zugeben muß. Aber wenn wir die Station verließen, besäßen wir noch nicht einmal die.«

Stiles dachte eine Weile darüber nach. Zweifel malten sich auf seinem Gesicht.

»Denk doch mal nach!« fuhr Colby fort. »Draußen in der Wüste würden uns die Paiutes einfach über den Haufen reiten. Zu Pferde wären sie viel schneller und beweglicher als wir. Es gäbe keine Möglichkeit für uns, ihren Kugeln und Pfeilen zu entgehen. Wir hätten nicht den Hauch einer Chance.«

»Er hat recht«, sagte Nancy.

Stiles stampfte zur Tür. »Kommen Sie rein, Hammond!« rief er.

Der Spieler erschien sofort.

Blaß und schwitzend trat er ein.

»Hier soll darüber entschieden werden, ob wir bleiben oder gehen«, sagte Stiles zu ihm.

»Ich für meine Person habe die Entscheidung schon getroffen«, erklärte Colby. »Ich bleibe bei dem Jungen.«

»Ich auch«, murmelte Nancy, »weil ich finde, daß Mister Colby recht hat. In der Wüste wären wir sofort verloren.«

»Gut, gut«, schnarrte Stiles. »Well, Hammond, was treffen Sie für eine Wahl?«

Hammond fuhr sich mit der Hand über das schweißnasse Gesicht. Er war nicht gut zu Fuß, denn er hatte die meiste Zeit seines Lebens in einem Saloon oder hinter einem Kartentisch verbracht.

Der Gedanke, in die heiße, staubige Wüste hinauszumarschieren, wo überall blutdürstige Rothäute lauern konnten, flößte ihm Grauen ein.

»Nun?« drängte Stiles. »Sie und ich zusammen! – Vielleicht kämen wir bis Fort Churchill durch.«

»Das glaubst du doch selbst nicht, Mann«, brummte Colby.

»Ich würde es riskieren, wenn Hammond es riskiert«, sagte Stiles. »Zugegeben, es sind fast zwanzig Meilen Fußmarsch, aber ich finde das immer noch besser, als hier rumzusitzen und abzuwarten, bis man abgeschlachtet wird.«

»Da draußen«, meinte Colby, »würdest du noch viel schneller abgeschlachtet.«

Er gab Nancy einen Wink und deutete auf Kane: »Heben Sie seinen Kopf, Miß, damit ich ihm den Verband anlegen kann.«

»Abgeschlachtet?« ächzte Hammond. »Habt ihr wirklich abgeschlachtet gesagt?«

»Darauf wird's wohl hinauslaufen«, gab Stiles zu. »Und das haben wir nur Ihrem Busenfreund Gilmore zu verdanken.«

»Aber er ist doch gar nicht mein Freund«, greinte Hammond. »Haben Sie nicht gesehen, wie er mir mein Geld abgenommen hat?«

Stiles begann, die Geduld zu verlieren.

»Zum Teufel mit Ihrem Geld!« schnaubte er. »Wie entscheiden Sie sich? Bleiben oder gehen?«

Colby war inzwischen mit seiner Arbeit fertig. Mit Nancys Hilfe ließ er Kanes Kopf, der jetzt in einem frischen weißen Verband steckte, aufs Bett zurücksinken.

»Ich würde euch, wenn ihr aufbrechen wollt, etwas Wasser, Proviant und ein Gewehr mitgeben«, sagte er und trat zur Tür, um frische Luft zu schöpfen. Seine Hände waren rot von Kanes Blut.

Hammond rang immer noch mit seinem Entschluß. Was war falsch? Was war richtig?

Bleiben bedeutete, in einer Mausefalle zu sitzen und auf die Paiutes zu warten, die unabwendbar kommen würden.

Gehen hieß, ihnen wahrscheinlich draußen in die Arme zu laufen.

»Ich . . .«, krächzte er, doch Colby schnitt ihm mit einer scharfen Handbewegung das Wort ab.

»Zu spät!« Plötzlich besaß Colbys Stimme einen sonderbar rauhen Klang. »Stiles – Hammond, auch wenn ihr gehen wolltet, jetzt könntet ihr es nicht mehr. Die Paiutes haben euch die Entscheidung abgenommen.«

»Hölle und Verdammnis!« fluchte Stiles.

Er glitt zum Fenster und spähte hinaus. Die ganze einförmige Wüste jenseits des Trockenbettes, soweit man sie von Dry Creek Station aus überblicken konnte, wimmelte von berittenen und bemalten Indianern.

Lautlos wie die Schemen waren sie herangekommen – mindestens zweihundert, wenn nicht mehr. In dem auffliegenden Staub waren sie nur schwer zu zählen.

»Jetzt heißt es kämpfen.« – Colby hatte sich als erster gefaßt.

Hammond begann wie ein Kind zu weinen. Nancy sagte nichts. Stiles rollte mit den Augen.

»Das haben wir diesem Schuft von Gilmore zu verdanken!« tobte er. »Sterben zu müssen, nur weil er sich nicht beherrschen konnte. Ich hoffe nur, sie haben ihn erwischt und bei lebendigem Leibe in kleine Stücke geschnitten!«

Colby schüttelte den Kopf.

»Das haben sie nicht. Sie würden es uns wissen lassen, wenn sie ihn hätten.«

»Wieso sind Sie so verdammt sicher?« schrie Stiles ihn an.

»Weil ich die Indianer kenne.« Colby schloß die Tür und legte den Sperrbalken vor. »Hab' früher mal viele Jahre entlang der Rocky Mountains und westlich davon für die Pelzhandelskompanie gearbeitet und bin oft mit Rothäuten zusammengekommen. Wenn sie Gilmore geschnappt hätten, würden sie uns seinen Skalp zeigen oder ihn vor unseren Augen sterben lassen oder sonst etwas tun, um vor uns zu prahlen. Sie spielen sich gern ein wenig auf – so sind sie nun mal.«

Er gab Hammond einen Tritt: »Hör auf zu flennen, Mann. Wollen unser Leben so teuer wie möglich verkaufen. Geht sparsam mit dem Wasser und dem Pulver um.«

Kane stöhnte auf seinem Bett. Sofort beugte sich Nancy über ihn, um ihn zu beruhigen.

»Halten Sie ihn still«, mahnte Colby.

Er lud das Gewehr, das Gilmore abgefeuert hatte, neu, schüttete Pulver in den Lauf, trieb die gepflasterte Rundkugel mit ein paar Stößen des Ladestocks hinunter und versorgte das Piston mit einem frischen Zündhütchen. Es war ein umständlicher Vorgang. Jeder gutgeschulte indianische Krieger vermochte in der gleichen Zeit sechs Pfeile mit großer Präzision abzuschießen.

Stiles zertrümmerte das Fenster, um besseres Schußfeld zu haben. Dann deutete er auf Hammond: »Der wird uns keine große Hilfe sein.«

»Der Meinung bin ich auch«, gab Colby zu.

Er winkte Nancy heran: »Sie und Hammond werden laden, wenn es zum Kampf kommt. Können Sie mit Pulver und Blei umgehen?«

»Ja, denn ich bin auf einer Farm in Missouri aufgewachsen«, erwiderte die Frau mit leiser, aber fester Stimme.

»Halleluja!« grunzte Stiles. »Wieder ein Kämpfer mehr. Willkommen im Kreis der zum Sterben Verdammten, Miß Sherman.«

»Halt den Mund«, murmelte Colby.

Er beobachtete, wie die Paiutes sich gegenüber der Station in breiter Front sammelten und anhielten. Der Staub legte sich, und jetzt konnte er deutlich sehen, wie viele es waren. Wenn sie sich zum Angriff entschlossen, würde in fünf Minuten alles entschieden sein.

Er spürte, wie ihm der kalte Schweiß aus allen Poren brach, denn er war ein Mensch und fürchtete sich wie jede sterbliche Kreatur vor dem Ende. Noch schlimmer aber mußte es für die Frau sein. Wenn die den Paiutes lebend in die Hände fiel ...

Werde sie selbst erschießen müssen, wenn es keinen anderen Ausweg mehr gibt, dachte Colby.

Und was wurde aus Kane?

Der Junge war ihm ans Herz gewachsen. Aber noch lag er in tiefer Ohnmacht, und deshalb würde er es nicht spüren, wenn ihn die Paiutes erschlugen.

»Mir scheint, da will einer reden«, krächzte Stiles mit belegter Stimme.

Colby hob den Kopf. Ein älterer Krieger, der mitten in der Front der Indianer hielt, hatte einen Lappen an seine Lanze gebunden und schwenkte ihn.

»Sieht tatsächlich so aus, als ob sie unterhandeln wollten.«

Der Krieger trieb sein Pony aus der Reihe und ritt auf die Station zu. Sein braunes, lederhäutiges Gesicht wirkte zerfurcht und von schweren Sorgen gezeichnet. Er trug das schwarze Haar lang bis auf die Schultern und hatte keine Kriegsbemalung angelegt. Ein Gewehr lag auf seinen Schenkeln, Bogen und Pfeilköcher hingen auf seinem Rücken, und in der rechten Hand hielt er die Lanze, die er noch immer schwenkte.

»Den kenne ich«, sagte Colby plötzlich. »Es ist Numaga, Chief aller Paiutes. Er hat immer versucht, sich gut mit uns zu stellen. Ein kluger Mann. – Daß er sich nicht bemalt hat, beweist uns, daß seine Leute gegen seinen Willen den Kriegspfad betreten haben.«

»Wenn er so friedliebend ist, wie du sagst, dann hätten wir vielleicht noch eine Chance«, meinte Stiles mit neuer Hoffnung in der Stimme. – Colby bewegte vage die Schultern.

»Vielleicht – und vielleicht auch nicht. So ein Indianerhäuptling ist kein unumschränkter Herrscher. Er hat sich dem Willen der Mehrheit und dem Rat der Ältesten zu fügen – und genau das hat Numaga getan. Mir scheint, die Dinge sind ihm ein wenig über den Kopf gewachsen.«

»Eine Chance!« Stiles hörte gar nicht auf ihn. »Warum sollte er sonst mit uns reden wollen?«

»Ich glaube, ich errate den Grund«, murmelte Colby.

Der Krieger hatte inzwischen sein Pony angehalten. Er hob sich im Sattel und rief etwas, wobei er die Lanze vor sich in die Erde stieß.

Colby legte sein Gewehr auf den Tisch. »Hören wir uns an, was er zu sagen hat. Kommst du mit raus, Stiles?«

»Muß ich?« Stiles fuhr sich mit der Zungenspitze über die trockenen Lippen.

Colby nickte.

»Es wäre besser. Sie wissen nicht, wie viele Leute sich in Dry Creek Station befinden. Das wird sie ein wenig vorsichtig machen, denn sie sterben ebenso ungern wie jeder andere Mensch. Außerdem sollen sie sehen, daß wir uns nicht vor ihnen fürchten.«

»Also gut«, brummte Stiles und lehnte sein Gewehr an die Wand.

»Ihr wollt mich doch nicht allein lassen?« jammerte Hammond.

»Du kannst ja mitkommen, niemand hindert dich daran«, sagte Colby.

Er wandte sich an das Mädchen: »Seien Sie ohne Sorge, Miß, wir werden zurückkommen. Numaga ist ein ehrlicher Mann. Er würde uns nie auf diese Weise in einen Hinterhalt locken.«

»Dein Wort in Gottes Ohr, Bruder«, meinte Stiles.

Er folgte Colby ins Freie. Eine Welle der Erregung lief durch die Front der Krieger, als sie der beiden Weißen ansichtig wurden, und ein paar spitze, drohende Schreie erhoben sich.

»Laß nur mich sprechen«, sagte Colby leise zu Stiles. »Ich verstehe ein paar Brocken von ihrem Dialekt. Außerdem spricht Numaga recht gut Englisch, wie ich weiß. Wir dürfen weder lügen noch Furcht zeigen, noch versuchen, uns herauszureden, kapiert?«

»Vollkommen«, grunzte Stiles. Er war zwar nicht so erfahren wie Colby, aber als Grenzer im Umgang mit Indianern vertraut.

»Ich nehme an, Numaga wird Gilmore von uns fordern«, fuhr Colby leise fort. »Wir dürfen ihm nicht sagen, daß der Schuft geflohen ist – er würde es uns nicht glauben. Wenn er aber zu der Überzeugung kommt, daß wir ihn anlügen wollen, werden wir in fünf Minuten tot sein.«

»Bin gespannt, wie du dich da rauswinden willst«, murmelte Stiles.

»Das weiß ich nicht.« – Colby legte für einen flüchtigen Moment die Hand über die Augen: »Bei Gott, ich habe keine Ahnung.«

Numaga hielt reglos auf seinem dunkelbraunen Pferd. Seine schwarzen Augen waren umschattet von Trauer und Sorge.

Einige der jüngeren Krieger trieben ihre Mustangs in wilder Ungeduld aus der Reihe, und wieder stiegen spitze, rachsüchtige Schreie gen Himmel. Numaga hob die Hand, und allmählich verebbte der Tumult.

»Sie gehorchen ihm noch«, wisperte Stiles. »Aber ich wette, nicht mehr lange.«

Colby blieb stehen und legte die Hand auf die linke Brustseite.

»How, mein Bruder!« sagte er auf paiute. »Wir sind gekommen, um dich zu hören.«

Die schwarzen Augen des Häuptlings blitzten auf. Mit dem Finger deutete er auf seine Brust:

»Ich – Numaga. Reden jetzt!« – Er benutzte die Sprache des weißen Mannes.

»Wir hören«, wiederholte Colby.

Numaga deutete hinter sich: »Einer unserer jungen Leute ist tot. Sein Vater und seine Brüder schreien nach Rache. Seine Sippe trägt die schwarze Farbe der Trauer. Wer hat ihn getötet?«

Er starrte Colby ins Gesicht: »Bist du es gewesen?« Dann wandte er sich an Stiles: »Oder du?«

Colby schüttelte den Kopf.

»Keiner von uns beiden. Aber einer aus unserer Mitte, das muß ich leider zugeben.«

»Und du schützt diesen Mörder?« fuhr Numaga ihn an.

»Nein, das tue ich nicht«, erwiderte Colby fest. »Wir werden ihn nach Carson City schaffen und dem Gesetz übergeben, damit er für seine Untat bestraft wird. Auf Mord steht der Galgen.«

»Auch auf Mord an einem Indianer?« Numaga schaute spöttisch auf ihn herab. »Das glaubst du doch selbst nicht, weißer Mann.«

»Ich werde dafür sorgen, daß er seiner Strafe nicht entgeht«, sagte Colby – aber er spürte selbst, wie lahm seine Worte klangen.

»Schweig!« donnerte Numaga in plötzlich losbrechender Wut ihn an. »Das Gesetz der Bleichgesichter bedeutet uns nichts. Es ist nicht gut für den Indianer. Gib uns diesen Mann heraus, damit wir ihn nach unseren eigenen Gesetzen bestrafen.«

»Das kann ich nicht.« Colby biß sich auf die Lippen. Was konnte er noch vorbringen, was den Häuptling überzeugte? – »Ich würde mich vor meiner eigenen Rasse schuldig machen, wenn ich den Mann an dich auslieferte.«

»Du mußt sehr tapfer sein, daß du es wagst, mir die Herausgabe eines Mörders zu verweigern«, murmelte Numaga.

Er deutete hinter sich: »Meine Krieger wollen den Mann. Sie schreien nach seinem Blut. Ich wünschte immer den Frieden, aber ich kann mich nicht gegen mein Volk stellen. Gib mir den Mörder, und ich werde dafür sorgen, daß dieser Platz vor der Rache meiner Krieger sicher ist.«

»Ich kann nicht«, sagte Colby in dem verzweifelten Bemühen, Zeit zu gewinnen, denn jetzt zählte jede Sekunde. »Ich muß mich erst mit meinen Brüdern beraten.«

»Gut!« Numaga richtete sich im Sattel auf. »Aber wir warten nicht mehr lange. Ich gebe euch die Zeit, die ihr Weißen eine halbe Stunde nennt. Dann kommt der Mörder zu uns – oder wir kommen zu euch! Wir werden diesen Platz dem Erdboden gleichmachen, euch töten, eure Leiber verbrennen und die Asche in alle Winde zerstreuen. Es wird sein, als ob es euch nie gegeben hätte!«

Er riß seine Lanze aus der Erde, wirbelte sein Pony auf den Hinterbeinen herum und galoppierte zu seinen Kriegern zurück.

»Das war deutlich«, flüsterte Stiles. Sein Gesicht glänzte wie Öl vom kalten Schweiß.

»Komm«, sagte Colby zu ihm und machte kehrt.

Nancy Sherman und Hammond hatten vom Fenster aus alles beobachtet.

»Nun?« wollte Hammond wissen.

»Numaga hat uns ein Ultimatum gestellt. Er will, daß wir ihm den Mörder des jungen Kriegers übergeben. Wenn wir es nicht tun, läßt er uns alle töten«, erklärte Colby.

»Warum haben Sie ihm nicht gesagt, daß es Gilmore war und daß dieser Hundesohn mit unserem einzigen Pferd geflohen ist?« kreischte Hammond.

»Er hätte es nicht geglaubt«, erwiderte Colby müde. »Er hätte gedacht, daß wir ihn nur belügen wollten, und uns auf der Stelle umgebracht.«

»Er hat uns eine Frist von einer halben Stunde gelassen«, vollendete Stiles.

Hammonds Augen weiteten sich vor Entsetzen. »Noch eine halbe Stunde! Und dann . . .?«

»Dann werden sie angreifen – wenn nicht einer von uns rausgeht und sich für die anderen opfert.«

»Freiwillig rausgehen? Sind Sie verrückt!« keuchte Hammond. »Wissen Sie nicht, was diese roten Bastarde einem Mann alles antun können?«

»Ich weiß es.« Stiles zuckte mit den Schultern. »Aber ich schätze, es bleibt uns keine andere Wahl.«

Er blickte von einem zum anderen: »Wir losen es aus. Einverstanden?«

»Ohne mich!« heulte Hammond. »So was lost man nicht aus.

»Und du?« wandte Stiles sich an Colby.

Zweifel flackerte plötzlich in seinen Augen. Er hatte damit gerechnet, daß Hammond mitgemacht hätte – dann hätten die Chancen eins zu drei gestanden.

»Du kannst ja rausgehen, wenn du willst«, gab Colby zur Antwort.

»Ich? Warum ausgerechnet ich?« – Insgeheim hatte Stiles darauf gebaut, daß ihn das schwarze Los verschonen würde. Jetzt sah er sich plötzlich in der eigenen Falle gefangen.

»Ich denke nicht dran, mich den roten Hunden auszuliefern, damit sie mir bei lebendigem Leibe die Haut abziehen oder mich über einem kleinen Feuer rösten können.«

»Hast du vorhin nicht selbst gesagt, uns bliebe keine andere Wahl?« fragte Colby.

Stiles schwitzte immer stärker. In seinen Mundwinkeln bildete sich ein wenig Schaum.

»Ja, das hab' ich!« schrie er. »Aber das war, bevor Hammond erklärt hat, daß er nicht mitmachen würde. Soll ich mich etwa für diesen Fettwanst opfern?«

»Nicht für ihn allein«, wandte Colby ein.

Er streckte die Hand aus und richtete den Zeigefinger wie einen Pistolenlauf auf Stiles: »Weißt du, was du gedacht hast? Du hast gehofft, es würde jeden anderen treffen, nur nicht dich, wenn wir losen. Du bist doch noch feiger, als ich dachte.«

»Sei still!« brüllte Stiles.

»Warum? Weil ich den Nagel auf den Kopf getroffen habe?«
Colby hielt seinem Blick stand: »In verzweifelten Situationen
klammert sich der Mensch gern an einen Strohhalm; so ist es
dir auch ergangen, Stiles. Jetzt sitzt du wie wir in der
Falle.«

»Wir werden kämpfen«, flüsterte Stiles. »Kämpfend sterben
ist besser, als sich wehrlos abschlachten zu lassen.«

»Ich will nicht sterben! Will – nicht – sterben!« heulte Hammond.

Colby zog seine Uhr aus der Tasche und warf einen Blick darauf.

»Die Zeit ist bald um. Noch hat Numaga seine Krieger in der
Hand, aber bestimmt nicht mehr lange. Wir müssen zu einer
Entscheidung kommen.«

»Ich für meinen Teil habe sie schon getroffen«, krächzte Stiles.
»Aber wenn du rausgehen willst, bitte.«

»Genau das habe ich vor«, erklärte Colby.

»Nein!« rief Nancy Sherman. Es war das erste Mal während
der ganzen Diskussion, daß sie das Wort ergriff.

»Doch«, sagte Colby.

Sein Blick glitt an ihr vorbei zu dem noch immer bewußtlosen
Kane: »Ich tu's, weil ich dem Jungen etwas schuldig bin. Sagen
Sie ihm das, falls ihr durchkommen solltet.«

Nancy griff nach seinem Arm. »Aber die Indianer werden ...«

Er streichelte ihr die Wange. »Keine Sorge, der alte Nick
Colby weiß schon, wie er es anstellen muß, damit sie ihm nichts
antun können.«

»Ich glaube, sie machen sich zum Angriff fertig«, sagte Stiles,
der die Paiutes durch das Fenster beobachtet hatte.

Colby zog den Rock aus und warf ihn aufs Bett. Er prüfte
sorgfältig die Zündhütchen auf der Trommel seines Revolvers,
ehe er die Waffe in seinen Gürtel steckte – auf dem Rücken, wo
sie nicht gesehen werden konnte.

»Ich werde versuchen, sie so weit wie möglich von der Station
wegzulocken. Miß Sherman, wollen Sie mir versprechen, sich
um den Jungen zu kümmern?«

»Ich verspreche es«, flüsterte Nancy.

»Dann ist es gut.« – Colby wandte sich zur Tür.

»Viel Glück, Kamerad«, krächzte Stiles und streckte ihm die Hand hin.

Colby übersah sie. »Aus dem Wege!« murmelte er und trat ins Freie.

Aus den Reihen der Paiutes erhob sich wildes Rachegeheul. Colby drehte sich um und rannte das Trockenbett entlang.

Nancy eilte zur Tür und spähte hinaus. Ihr Herz hämmerte in angstvollen Schlägen. Sie sah, wie die breite Front der Indianer sich in Bewegung setzte und hinter Colby herraste.

Ein Krieger ritt vor allen anderen. Er hatte sich das Gesicht zum Zeichen der Trauer schwarz bemalt. Er mußte der Vater des erschossenen Jungkriegers sein.

Als Colby erkannte, daß er nicht mehr entkommen konnte, drehte er sich um, riß den Colt aus dem Gürtel und richtete ihn auf den unerbittlichen Verfolger.

Beide Absätze in den Boden gerammt und beide Fäuste am Griff der Waffe, zielte er mit weit offenen Augen. Dann krachte der Schuß und schlug den Krieger aus dem Sattel.

Colby erwischte die schleifenden Rohlederzügel des an ihm vorbeijagenden Mustangs, und irgendwie gelang es ihm, in den Sattel zu kommen. Aber als das kleine Pferd den Rand des Trockenbettes erklommen hatte, war er schon eingeschlossen.

Staub wallte dicht wie Nebel auf. Kreischende, entsetzlich bemalte Phantome bildeten einen wirbelnden Ring um ihn, aus dem es kein Entkommen mehr gab. Und mit einem Entkommen hatte Colby auch nicht gerechnet.

Ein Pfeil traf ihn an der Hüfte, und eine Kugel streifte seinen Kopf. Sie flog so nahe vorbei, daß sie die Luft zum Glühen brachte.

Ein anderer Pfeil bohrte sich in die Flanke des Mustangs, so daß er sich schmerzgepeinigt aufbäumte. Colby verlor Sitz und Halt und stürzte zu Boden. Und jetzt wußte er, daß das Ende nahe war.

Er sprang auf, denn er wollte nicht im Liegen sterben. Von allen Seiten rasten die Paiutes auf ihn zu. Einmal glaubte er, Numagas nachdenklichen Blick in diesem wirbelnden Kaleidoskop auf sich ruhen zu fühlen, aber das mußte eine Täuschung sein.

Aufrecht stand Nick Colby da und schaute zum stahlblauen Himmel hinauf, dessen Schönheit er heute zum letztenmal sah.

Sein Daumen spannte den Hammer des Colts. Ein letztes sekundenlanges Zögern noch vor dem endgültigen Schritt über die dunkle Schwelle.

Dann stieß er sich den Lauf des Revolvers in den Mund und drückte ab.

IX

»Er ist tot!« sagte Nancy Sherman mit tonloser Stimme.

Stiles hob den Kopf. Bisher hatte er nur dagesessen und auf seine Hände gestiert.

»Wieso? Woher wollen Sie das wissen?«

Nancy deutete in die Richtung, in der die Paiutes verschwunden waren: »Der Staub hat sich gelegt. Sie schreien auch nicht mehr, sondern scheinen abgezogen zu sein. Er muß tot sein.«

»Da ist was Wahres dran«, gab Stiles zu.

Er trat zur Tür und spähte hinaus. Keine Spur von einem Indianer war mehr zu sehen. Wie Rauch im Wind hatten sie sich einfach in nichts aufgelöst.

»Wenigstens hat Numaga sein Wort gehalten.«

»Sollten wir uns nicht um ihn kümmern?« fragte Nancy.

»Um wen? Um Colby?« Stiles verzog das Gesicht. »Ich wette, Sie würden nichts mehr finden, um was es sich zu kümmern lohnte. Und was Sie fänden, wäre so entsetzlich, daß es Sie graute, es auch nur mit dem kleinen Finger zu berühren.«

Er wandte sich an Hammond, der wie betäubt in einer Ecke am Boden kauerte.

»Stehen Sie auf! Lassen Sie uns drüber nachdenken, wie wir das beste aus der Sache machen.«

»Was – was ist geschehen?« stammelte Hammond. Mühsam rappelte er sich in die Höhe.

»Es ist vorbei.« Stiles rüttelte ihn, bis er zu sich kam. »Die Paiutes sind weg.«

»Weg?« echote der Spieler.

Stiles nickte.

»Ja, weg. Sie haben Colbys Opfer angenommen.«

Er suchte im Raum herum, bis er eine Whiskyflasche fand, zog den Stöpsel heraus und nahm einen kräftigen Schluck. Langsam verlor sein Gesicht die grünliche Farbe.

»Teufel, so was kann einem Mann schon an die Nerven gehen!« Er hielt Hammond die Flasche hin: »Auch einen Schluck?«

Hammond griff zu und trank gierig. Nancy beobachtete die beiden. Ihr Gesicht verzog sich vor Ekel.

»Ihr Schweine!« sagte sie leise, aber scharf. »Ihr räudigen, feigen Bastarde! Warum habt ihr ihn gehen lassen? Warum habt ihr nicht gekämpft wie Männer?«

»Weil er es so wollte.« Stiles wies auf den bewußtlosen Kane: »Wegen dem da. Haben Sie das vergessen?«

»Hören Sie nicht auf das Weib«, krächzte Hammond. Nachdem die Gefahr vorbei war, hatte er wieder Oberwasser.

»Sie fetter, erbärmlicher Hundesohn!« fauchte Nancy ihn an.

Hammond holte aus, um ihr ins Gesicht zu schlagen, aber Stiles hielt seinen Arm fest.

»Nicht doch. Die Miß hat einen Schock, wer könnte es ihr verdenken. Überlegen wir uns lieber, wie wir uns aus dem Staube machen könnten.«

»Sie meinen . . . ?« Hammond runzelte die Stirn. »Sie glauben, es wäre besser, von hier zu verschwinden?«

»Richtig«, nickte Stiles. »Hierbleiben wäre zu gefährlich. Ich für meinen Teil haue ab, sobald es dunkel geworden ist. Ich will nicht massakriert werden, falls es den Paiutes einfallen sollte, noch einmal herzukommen.«

Hammond machte eine Kopfbewegung zum Bett, wo Kane lag: »Und was wird aus dem?«

Stiles winkte ab. »Der geht sowieso drauf. Colby war ein Narr, daß er sich wegen dem geopfert hat, aber mir kam es so vor, als ob er etwas gutmachen wollte. Mitnehmen können wir ihn jedenfalls nicht. Jetzt heißt es erst mal: Jeder ist sich selbst der Nächste.«

»All right, ich bin dabei«, stimmte Hammond zu, obwohl ihm vor dem Fußmarsch durch die Wüste graute.

Stiles wandte sich an Nancy: »Und Sie, Miß?«

»Ich bleibe hier«, erwiderte sie mit starrem, ausdruckslosem Gesicht.

»Verrückt!« schnaubte Hammond.

»Ich habe es Mister Colby versprochen, mich um seinen Freund zu kümmern.« In ihren Augen lag Verachtung für die beiden Männer. »Und ich werde mein Versprechen halten.«

»Der Junge wird sterben – und Sie auch«, meinte Stiles.

Nancy zuckte nur mit den Schultern und drehte sich um, damit andeutend, daß dieses Thema für sie beendet wäre. Sie setzte sich zu Kane und begann, ihm das Gesicht mit einem feuchten Lappen abzutupfen.

Als es dunkelte, packten Stiles und Hammond ihre Sachen zusammen.

»Wir können nicht viel mitnehmen«, warnte Stiles, der erfahrener als der Spieler war. »Nur jeder ein Gewehr, Wasser und etwas Proviant. Jedes unnötige Pfund wäre nur eine überflüssige Belastung.«

Er trat zu Nancy, die immer noch neben Kane kauerte.

»Zum letztenmal, Miß – wollen Sie nicht doch lieber mit uns kommen?«

»Nur, wenn ihr den auch mitnehmt«, sagte sie und deutete auf Kane.

Stiles schüttelte unwirsch den Kopf.

»Unmöglich. Das wissen Sie so gut wie ich.«

»Dann ist es entschieden«, murmelte Nancy. »Ich bleibe.«

Stiles zuckte mit den Schultern und wandte sich ab. Er gab Hammond einen Wink:

»Kommen Sie. Aber ich erinnere Sie daran: Wenn ich Sie heil nach Fort Churchill durchbringe, sind Sie mir etwas schuldig.«

Gleich darauf waren die beiden gegangen. Noch eine Weile knirschte der trockene Sand unter ihren Stiefeln, dann gab es auch dieses Geräusch nicht mehr.

Nancy schloß die Tür und legte den Sperrbalken vor. Das zertrümmerte Fenster verhängte sie mit einer Pferdedecke. Danach erst wagte sie es, eine Lampe anzuzünden, deren Schein sie mit einer zweiten Decke zusätzlich abschirmte, denn sie fürchtete sich vor der Dunkelheit.

Kane atmete schwer. Sie brachte ihn in eine bessere Lage und fand dabei seinen Revolver, den er auf Gilmores Befehl aufs Bett geworfen hatte. Um nicht einzuschlafen, setzte sie sich auf einen Schemel und lehnte den Kopf gegen die Wand. Die Waffe legte sie mit gespanntem Hahn in ihren Schoß. Wenn die Paiutes zurückkehrten, würde sie zuerst Kane erschießen und dann sich. Das war ihr fester Entschluß.

Obwohl sie es nicht wollte, schlief sie doch ein – und schreckte aus wirren Träumen empor, als das erste Tageslicht durch die Türritzen sickerte.

Die Lampe blakte in dem verrußten Zylinder. Nancy blies sie aus und nahm die Decke vom Fenster. Die Sonne war schon aufgegangen, der neue Tag gekommen. Der Himmel glänzte in einem seidigen Blau.

Nancy öffnete die Tür und spähte das Trockenbett hinauf und hinab. Nirgends war eine Spur von einem Indianer zu sehen. Also hatte der Häuptling der Paiutes doch Wort gehalten. Wie hatte doch sein Name gelautet? Numaga! – so glaubte sie sich zu erinnern.

Sie tadelte sich jetzt dafür, daß sie eingeschlafen war. Was mochte aus Mister Colby geworden sein? Er war sicherlich tot, aber dann konnte man ihn doch nicht so einfach der Sonne und den Bussarden überlassen. – An Stiles und Hammond verschwendete sie keinen Gedanken. Und für John Gilmore empfand sie nur noch Abscheu und Haß.

Ein Geräusch hinter ihr ließ sie herumfahren. Da saß Kane auf seinem Bett und blickte sie an.

»Was ist geschehen?« Seine Augen wirkten noch glasig.

Sofort lief sie zu ihm und legte ihm beide Hände auf die Schultern. »Hinlegen! Sie sind verwundet worden und müssen sich sofort wieder niederlegen.«

Er gab dem Druck ihrer Hände nach. Seine Finger tasteten zum Kopf und spürten den Verband.

»Hat es mich schlimm erwischt?«

»Nicht sehr.« – Nancy versuchte, ein Lächeln in ihr Gesicht zu zwingen. »Wenn Sie sich schonen, sind Sie in ein paar Tagen sicher wieder in Ordnung, Mister Kane.«

»Ich heiße Frank«, murmelte er.

»Gut – Frank«, sagte sie flüchtig.

Eine Weile lag er stumm und mit geschlossenen Augen da. Dann kam die Frage, vor der sie sich schon lange gefürchtet hatte: »Wo sind die anderen? Da waren doch noch zwei Männer – Stiles und Hammond –, ja, jetzt erinnere ich mich.«

»Fort«, erwiderte sie lakonisch.

»Fort?« Kane schlug die Augen auf. »Sie meinen, einfach weggegangen?«

Nancy nickte.

»Ja, das meine ich. Die beiden sind letzte Nacht nach Fort Churchill aufgebrochen.«

»Und Sie?«

»Ich bin geblieben, wie Sie sehen.«

Kane schloß die Augen wieder. In seinem Kopf hämmerte es, und über seiner linken Schläfe saß ein pochender Schmerz. Das Denken verursachte ihm Pein.

»Nick!« rief er.

Sofort war Nancy bei ihm und ergriff seine Hand. »Meinen Sie Mister Colby? Der ist auch weggegangen.«

Kane fuhr in die Höhe. Ein feuriger Blitzstrahl zuckte quer durch seinen Schädel, von einer Schläfe zur anderen. Aber er achtete nicht darauf.

»Weggegangen? Wollen Sie damit sagen, daß er Sie und mich im Stich gelassen hätte? – Unmöglich! So etwas würde Nick Colby niemals tun.«

Nancy erkannte, daß sie jetzt die Karten offen auf den Tisch legen mußte.

Sie senkte den Kopf und sprach leise: »Er hat sich freiwillig den Paiutes ausgeliefert, um uns allen das Leben zu retten. Er war der Tapferste von uns.«

»Ich verstehe das alles nicht«, stöhnte Kane.

Nancy schlang den Arm um seine Schultern; es war eine warme, mütterliche Geste. Ihre Stimme drang wie durch einen dichten Nebel zu Kane hin:

»Erinnern Sie sich noch daran, daß Gilmore einen jungen Paiute-Krieger umbrachte? Gut. – Die Paiutes kamen in großer Zahl, während Sie ohnmächtig waren, um Rache zu nehmen. Mister Colby ging hinaus, um mit ihnen zu verhandeln. Zum Glück für uns war der Häuptling – ich glaube, er hieß Numaga – ein besonnener Mann. Er forderte nur die Herausgabe des Mörders, dann wollte er uns verschonen. Allerdings, wenn man ihm den Mörder nicht gäbe, dann . . .«

»Aber Gilmore war doch längst über alle Berge«, knirschte Kane.

»Das wußten wir, aber der Häuptling wußte es nicht«, erklärte Nancy. »Mister Colby war der Ansicht, daß er es nicht geglaubt hätte. Wenn Numaga zu der Überzeugung gekommen wäre, daß er belogen werden sollte, hätte er uns auf der Stelle umbringen lassen. Das war jedenfalls Mister Colbys Meinung von der Sache.«

»Ich glaube, da hatte er recht; Nick wußte eine Menge über die Indianer«, murmelte Kane. »Weiter!«

»Gut.« – Nancy spürte ihr Herz mit hastigen Schlägen pochen. »Einer mußte sich also opfern, um die anderen zu retten. Stiles schlug vor, es auszulosen, aber Hammond war dagegen. Dann wollte Stiles kämpfen. Aber es waren so viele Indianer, daß wir keine Chance gehabt hätten. Da erbot sich Mister Colby, sich ihnen auszuliefern. Bevor er ging, sagte er mir, ich sollte Ihnen ausrichten . . .« Ihre Stimme brach ab.

»Was?« schrie Kane.

»Er nähme es auf sich, weil er Ihnen noch etwas schuldig wäre. Das waren seine eigenen Worte.«

Kane sank aufs Bett zurück. »Nick!« flüsterte er. Tränen rannen ihm über die Wangen.

Der Abend damals in Carson City – der Zusammenstoß mit Gilmore –, Colby hatte immer darauf gewartet, seine Schuld zu begleichen.

»Und dann? Was geschah danach?«

»Er nahm seinen Revolver mit sich, als er ging«, fuhr Nancy mit leiser Stimme fort. »Einen Krieger, der ihn angriff, tötete er damit. Auf dem Mustang des Kriegers jagte er ostwärts in die Wüste hinaus. Sie folgten ihm – alle, alle. Es war seine Absicht, sie soweit wie möglich von der Station fortzulocken.«

Sie schluckte schwer: »Dann sahen wir nur noch Rauch und Staub. Ein paar Schüsse fielen, danach wurde alles still. Als der Staub sich gelegt hatte, waren die Indianer fort. Ihr Häuptling hatte sein Wort gehalten.«

»Und Nick?« keuchte Kane.

Nancy machte eine vage Handbewegung. »Irgendwo dort draußen – und tot.«

»Stiles, Hammond – hat sich von den beiden niemand um ihn gekümmert?«

»Nein. Die hatten viel zuviel Angst, um sich hinauszuwagen.«

»Dann werde ich es jetzt tun«, knirschte Kane und erhob sich.

Schwarze Ringe tanzten vor seinen Augen. Nancy griff nach seinem Arm. »Aber Sie sind dazu noch viel zu schwach . . .«

»Ich kann meinen alten Freund Nick nicht dort draußen in der Sonne verfaulen lassen!« schrie Kane sie an und schüttelte ihre Hand ab.

Der Schwächeanfall ging vorbei. Er fuhr in die Stiefel, die man ihm ausgezogen hatte.

»Wasser! – Geben Sie mir zu trinken.«

Nancy gehorchte. Sie war, obwohl eine Außenseiterin der Gesellschaft, eine tapfere Frau, und deshalb verstand sie diesen Tapferen.

Jetzt, nachdem Kanes Entschluß unabänderlich war, begann ihr praktischer Verstand wieder zu arbeiten.

»Warten Sie. – Sie müssen vor Hunger ja halb tot sein. Ich werde Ihnen ein paar Speckscheiben braten. Und Kaffee kochen. Kaffee möbelt mehr auf als Wasser. Es hat keinen Zweck, auf wackeligen Beinen in die Wüste zu laufen und dort umzufallen.«

Wie recht sie hatte! Obwohl voller Ungeduld, mußte Kane sich ihrer besseren Erkenntnis der Tatsachen beugen.

Nancy warf ihm seinen Revolver in den Schoß: »Da, der ist uns geblieben. Außerdem noch das Schrotgewehr. Alle anderen Waffen haben Stiles und Hammond, mitgenommen.«

»Uns?« fragte Kane murmelnd.

Sie nickte.

»Ich habe uns gesagt. Oder glauben Sie, ich würde Sie jetzt im Stich lassen? O nein, mein Freund, o nein. Wenn Sie losmarschieren, werde ich an Ihrer Seite sein, denn schließlich habe ich es Mister Colby versprochen, mich um Sie zu kümmern.«

Mit einem Schwung stellte sie die Pfanne auf den Tisch und goß den dampfenden Kaffee in die Zinnbecher.

»Ich mag nicht viel taugen, aber als Köchin bin ich nicht schlecht. Wahrscheinlich wäre ich eine ganz gute Hausfrau und Mutter geworden.« – Ihre Stimme zitterte plötzlich ein wenig.

Kane griff nach ihrer Hand.

»Nancy, Sie sind das fabelhafteste Mädchen, das ich kenne«,

sagte er leise. »Der Mann, der Sie einmal bekommt, wird sich freuen.«

»Ach was!« Sie entzog ihm ihre Hand mit einem Ruck. »Nur keine Komplimente. Ich bin einfach nicht dazu geboren, hinter einem Küchenherd zu versauern. Vergessen Sie, was ich da eben so rausgeplappert habe.« – Aber der feuchte Glanz in ihren Augen verriet sehr deutlich, wonach sie sich insgeheim sehnte.

Danach wurde nichts mehr gesprochen.

Kane untersuchte seinen Revolver, fand die Schrotflinte und prüfte die Ladungen. Allerdings – wenn sie draußen den Paiutes in die Hände liefen, würden ihnen die Waffen nicht mehr viel nützen.

Nancy schnürte ein Bündel mit Vorräten zusammen und füllte zwei Wasserflaschen. Vielleicht würden sie Nick Colby bald finden, vielleicht war er auch weiter fortgeschleppt worden. Sie mußten ganz einfach auf ihren guten Stern vertrauen.

»Ihr Verband sollte noch einmal erneuert werden«, sagte sie zu Kane.

»Später«, erwiderte er ungeduldig. Der Gedanke, daß sein alter Freund irgendwo dort draußen als Fraß für Geier und Coyoten lag, schnürte seinen Magen zusammen.

Es war noch früh am Morgen, und die gelbbraune Wüste lag gleißend unter dem hellen Sonnenlicht. Der Boden war von vielen Hufen zerstampft. Kane blickte die Fährte entlang. Was würde er an ihrem Ende finden?«

Er hielt die Schrotflinte in beiden Händen und hatte den Proviantbeutel umgehängt. Nancy trug die beiden Wasserflaschen. Wahrscheinlich würden sie nichts davon brauchen, weil sie viel früher auf das stießen, was sie suchten.

Sie waren etwa eine Meile marschiert, als sie auf ein Dornbuschdickicht trafen, das den Ausblick auf eine dahinterliegende Mulde verbarg.

Ein Fuchs schnürte verstohlen aus dem Gestrüpp und verschwand. Eine Anzahl von schwarzen Vögeln erhob sich krächzend aus der Mulde und strich mit rauschendem Flügelschlag ab. Kane blieb stehen und packte Nancys Arm.

»Bleiben Sie jetzt besser zurück . . .«

»Nein!« erwiderte sie mit einer heiseren, gepreßten Stimme.

Kane zuckte mit den Schultern und schritt weiter. Er wußte,

daß er sein Herz jetzt in beide Hände nehmen mußte. Und die Frau auch.

Das erste, was er sah, war ein totes Pferd. Es lag mit von der Hitze aufgetriebenem Bauch in der Sonne, das Fell von Schnabelhieben und scharfen Zähnen zerfetzt. Der süßlich-fade, Übelkeit erregende Duft der beginnenden Verwesung ging von ihm aus.

Kane knüpfte sein Halstuch ab und hielt es Nancy hin: »Binden Sie sich das vor Nase und Mund, damit Sie es aushalten können.«

Sie gehorchte schweigend. Kane hatte plötzlich eine Vision. Er sah wieder die entsetzlichen Bilder vor sich auftauchen, als die Paiutes den Wagenzug niedergemetzelt hatten. Steve Boyer, Sledge, McCullock, O'Dowell und die Dixon-Familie – alle, alle begannen sich in einem schaurigen Reigen vor ihm zu bewegen.

Mit einer Handbewegung scheuchte er die blutigen Bilder beiseite. Das, was gewesen war, war dahin und vorbei. Jetzt zählte nur der Augenblick.

Vom Rand der Mulde spähte er auf ihre Sohle hinab – und auf das blutige Etwas, das gestern noch gelebt hatte und sein Freund Nick Colby gewesen war. Das Hemd klebte ihm am Rücken fest, und das kam nicht nur von der Sonne.

»Los!« hörte er sich selber sagen – mit der Stimme eines Fremden.

Seine Beine setzten sich ganz automatisch in Bewegung und trugen ihn in die Mulde hinunter. Nick Colby lag mit auseinandergebreiteten Armen auf dem Rücken. Der Sand unter ihm war dunkel vom geronnenen Blut.

Kane vernahm den stoßweisen Atem der Frau neben sich – und dann, wie sie sich abwandte und sich würgend erbrach. Eine Welle der Übelkeit stieg in ihm empor, vom Magen her immer höher, aber er zwang sie hinunter. Er konnte seine Augen nicht von dem grauenhaften Anblick lösen.

Colbys Mund war durch eine Pulverflamme schwarz verbrannt, und ein Teil seiner Schädeldecke fehlte. Das ließ darauf schließen, daß er sich selbst erschossen hatte und dadurch dem Schlimmsten entgangen war. Aber was die Paiutes mit seinem nackten Leichnam angestellt hatten, war auch so noch schlimm genug. Sie mußten, als er sich erschoß, sich um ihre Rache betrogen gefühlt haben und hatten ihre Wut an dem bereits toten Körper ausgelassen.

»Nick«, murmelte Kane erschüttert. Sein Inneres war wie erloschen.

Ein sanftes Pochen ließ ihn herumfahren – das Tappen unbeschlagener Hufe im Staub.

Eine Gruppe berittener Indianer hielt am Rande der Mulde. Der Krieger in ihrer Mitte war älter als die anderen und besaß ein sorgenvolles, zerfurchtes Gesicht, das er nicht bemalt hatte. Er saß auf einem dunkelbraunen Mustang.

»Numaga!« flüsterte Nancy. »Ja, er ist es, ich erkenne ihn wieder.« Ihre Hand krallte sich in Kanes Ärmel.

Der erste Impuls von Kane war, den Revolver herauszureißen und den Häuptling zu töten als Vergeltung für das, was man Nick Colby angetan hatte. Dann dachte er an die Frau. Er selbst würde schnell sterben, aber ihr konnte viel Schlimmeres geschehen. Und er besaß nicht das Recht dazu, sie dieser Gefahr auszusetzen, nachdem sie bei ihm geblieben war und sich um ihn gekümmert hatte.

»How!« sagte Numaga. Dabei hob er die Hand mit ihrer leeren Innenseite zu Kane zum Zeichen des Friedens.

»How!« erwiderte Kane.

Der Häuptling trommelte mit den Hacken gegen den Bauch seines Mustangs und lenkte ihn in die Mulde. Dort hielt er an und warf einen Blick auf den Toten.

»Er war dein Freund?«

Kane nickte voller Bitterkeit.

»Ja, das war er.«

Numaga hob den Kopf. Sein Blick schweifte in eine weite, weite Ferne. Dann sprach er in einem harten, aber gut verständlichen Englisch:

»Wir ritten vor dieses Haus, das ihr Dry Creek Station nennt, um einen Mörder zu bestrafen, der einen unserer jungen Männer umgebracht hatte. Bist du der Mörder?«

»Nein«, sagte Kane. »Als ich versuchte, den Mörder aufzuhalten, wurde ich selbst von ihm niedergeschossen.« Damit wies er auf den durchbluteten Verband an seinem Kopf.

Numaga deutete auf Colbys Leiche: »Dann war er der Mörder? Der Mann, der meinen Jungkrieger tötete und auf dich schoß? So muß es gewesen sein, denn er kam zu uns, um sich uns auszuliefern. Aber sag mir jetzt, weißer Mann: Wie kann er dann auch dein Freund gewesen sein?«

»Dieser Mann hat nie auf mich geschossen und auch deinen jungen Krieger nicht umgebracht!« rief Kane. »Er ging zu euch, um uns zu retten, weil der Mörder geflohen war – und weil er wußte, daß ihr es nicht glauben würdet.«

»Ja, so war es«, murmelte Numaga.

»Wie?« stammelte Kane. »Was? Du hast gewußt . . .?«

»Ich las die Wahrheit in seinen Augen, bevor er starb«, antwortete der Häuptling.

»Und du hast es nicht verhindert?« schrie Kane ihn an. »Du hast einen Unschuldigen sterben lassen?«

»Meine Krieger wollten Rache.« – Numagas Stimme klang brüchig: »Sie hörten nicht mehr auf mich. Wenn er nicht gekommen wäre, hätten sie euch alle umgebracht.«

Dagegen ließ sich nichts einwenden. Kane kniff die Lippen zusammen. Manchmal glaubte er, daß er träume und jeden Augenblick aufwachen müsse. Aber der pochende Schmerz in seiner Schläfe erinnerte ihn daran, daß es kein Traum war.

Numaga sagte: »Dein Freund hat das höchste hingegeben, das ein Mann für einen anderen opfern kann: sein eigenes Leben! Nimm ihn und begrabe ihn im Schoß der Erde, wie es bei deinem Volke üblich ist. Vor den Kriegern der Paiutes bist du von jetzt an sicher.«

Er wendete seinen Mustang scharf auf der Hinterhand und galoppierte zu seinen Kriegern zurück. Einen Lidschlag später war das ganze Rudel verschwunden. Noch eine Weile sacht verebbendes Hufgetrappel – eine stiebende Staubfahne – und dann nichts mehr.

Kane blickte Nancy an. Ihre Augen waren noch immer weit aufgerissen. Plötzlich lag sie in seinen Armen und klammerte sich mit verzweifelter Kraft an ihn.

»Ich dachte schon, jetzt wäre alles vorbei«, flüsterte sie an seinem Ohr. »Ich glaubte jeden Moment, daß man uns umbringen würde.«

Kane streichelte sanft ihren Scheitel. Nancys Haar knisterte unter seinen Fingern.

»Dieser Häuptling scheint mir ein durch und durch außergewöhnlicher Mann zu sein.« – Noch immer war er von Numagas Haltung tief beeindruckt. Denn er begann zu ahnen, warum dieser Paiute, den viele Weiße sicherlich nur als ›rohen, barbarischen Heiden‹ bezeichnet hätten, zurückgekehrt war: Er hatte einem Mann die letzte Ehre erweisen wollen, von dem er gewußt hatte, daß er unschuldig gestorben war.

»Komm, laß uns Nick heimbringen. Er soll nicht so – so allein hier draußen in der Wüste schlafen müssen.«

Sie begruben Colby im Corral neben Pete Storm. Nach der Arbeit wechselte Nancy Kanes Verband. Ihre Finger arbeiteten geschickt und zart. Da war etwas, was sie beide miteinander verknüpfte. Vielleicht die gemeinsam durchgestandene Gefahr; vielleicht ihre Jugend, denn auch Nancy war noch jung, wenn auch älter als Kane. Aber es mußte noch etwas anderes sein. Etwas, was Kane sich nicht zu erklären vermochte. Immer wieder legte er sich die Frage vor, warum sie nicht mit Stiles und Hammond gegangen, sondern bei ihm zurückgeblieben war.

Während sie eine frische Binde um seinen Kopf wickelte, erinnerte er sich daran, wie sie heute, da draußen in der Wüste, in seinen Armen gelegen hatte. Er dachte an die schlanke Biegsamkeit ihres Körpers, dessen Nähe ihm plötzlich deutlich bewußt wurde – an das Knistern ihres Haars. Das Blut schoß ihm ins Gesicht, und seine Kehle wurde eng.

Er griff nach ihr, zog sie zu sich herunter und preßte seine Lippen auf ihren Mund. Nancy wurde rot unter diesem überraschenden Kuß. Wahrhaftig, sie konnte noch erröten wie ein ganz junges Mädchen.

Viel später, als es draußen schon dunkelte, saß sie neben ihm auf dem Bett und schmiegte den Kopf an seine Schulter.

»Wie alt bist du eigentlich, Frank?« murmelte sie leise.

»Neunzehn – das heißt« – er verhaspelte sich –, »also im Oktober werde ich zwanzig. Warum?«

»Und ich bin beinahe dreißig.« Sie lachte gequält. »In deinen Augen muß ich schon eine steinalte Frau sein.«

»Nein!« widersprach er und zog sie an sich.

Ihr Finger strich sacht über die herben Linien an seinen Mundwinkeln: »Erst neunzehn, und doch schon ein ganzer Mann! – Frank, was hast du vor, wenn das hier alles hinter uns liegt?«

Kane kniff die Augen zu Schlitzen zusammen. In der samtblauen Dämmerung, die den Raum füllte, sah er John Gilmores Bild vor sich auftauchen.

»Weiter für den Pony Express arbeiten, bis ich genug Geld zusammen habe, um einen Halunken zu jagen, der mir mein Pferd gestohlen und meinem besten Freund den Tod gebracht hat.«

Nancy seufzte. »Du meinst Gilmore, nicht wahr?«

»Den und keinen anderen!« knirschte Kane.

»Aber er ist gefährlich«, warnte sie. »Er kann sehr gut mit einem Revolver umgehen. Ich habe selbst schon gesehen, wie er . . .« Sie brach ab und biß sich auf die Lippen.

»Ich weiß schon, was du sagen willst.« Kane zog sie in seine Arme. »Wie bist du überhaupt an diesen Schuft geraten?«

Sie zögerte lange, ehe sie antwortete: »Ich war ein Farmermädchen in Missouri, das älteste von neun Kindern. Weißt du, was es heißt, auf einer Farm zu leben, die nicht viel hergibt, und sich das bißchen Essen buchstäblich mit den Händen aus der Erde zu kratzen? Mein Vater schuftete von früh bis spät, aber wir wurden trotzdem niemals satt. Mit dreißig Jahren war meine Mutter schon eine alte Frau. Ich habe oft gesehen, wie sie weinte – und da schwor ich mir, mit dem ersten besten durchzubrennen, der vorbeikam und mir ein besseres Leben versprach.«

Kane preßte sie an sich, erschrocken über das, was er angerichtet hatte.

»Sei still, bitte! Ich wußte ja nicht – ich habe nicht das Recht, alte Wunden aufzureißen.«

»Warum soll ich jetzt still sein?« Sie lachte bitter auf: »Du hast mich danach gefragt, wie ich an Gilmore geraten bin, und ich werde es dir sagen: Er ritt an unserer Farm vorbei, als ich gerade einundzwanzig geworden war – und er muß wohl, trotz der Lumpen, in denen ich steckte, erkannt haben, daß ich ein ganz passables Ding war. Jedenfalls stieg er ab und bat um Wasser für sein Pferd. Und als er mir zuflüsterte, ob ich nicht mit ihm kommen wollte, heraus aus dem Dreck und dem ganzen Elend, da brauchte er nicht lange zu bitten. Noch in der gleichen Nacht brannte ich mit ihm durch. Ich war ja volljährig und konnte gehen, wohin ich wollte.«

»Bist du wenigstens glücklich mit ihm gewesen?« fragte Kane gepreßt.

»Glücklich? Was ist das überhaupt: Glück?«

Nancy löste sich von ihm und richtete sich auf. Steif saß sie da, die Hände im Schoß, und starrte in die Dunkelheit.

Nach einer Weile begann sie wieder zu sprechen: »Ja, zuerst bildete ich mir natürlich ein, glücklich zu sein. Wahrscheinlich war ich auch eine Weile in John Gilmore verliebt. Er gab mir schöne Kleider und genug zu essen. Aber bald kam ich dahinter, daß er mich nur als Lockvogel benutzte, um die Aufmerksamkeit der Männer, die an seinem Spieltisch Platz nahmen, von den Karten weg und auf mich zu lenken. Ich war ein Werkzeug für ihn, nicht mehr, denn John Gilmore ist nur in der Lage, einen einzigen Menschen auf der Welt zu lieben – und der heißt John Gilmore.«

»Er bedeutet dir also nichts mehr?« murmelte Kane.

Nancy warf den Kopf in den Nacken: »Der und mir etwas bedeuten nach dem, was er mir alles angetan hat? Hast du vergessen, daß er mich den Paiutes überlassen wollte, um sein eigenes erbärmliches Leben zu retten? Tot will ich den Schuft sehen!«

»Er wird sterben, das verspreche ich dir«, sagte Kane. »Und danach, sobald er tot ist, gehen wir zusammen nach Kalifornien. Ich hörte, daß dort billiges Farmland zu haben wäre, seitdem der Goldrausch ausgebrochen ist.«

Nancy wandte ihm ihr schlohweißes Gesicht zu, in dem die Augen unnatürlich groß und dunkel flackerten.

»Zusammen – nach Kalifornien?« flüsterte sie. »Frank, willst du damit sagen . . .?«

Kane nickte.

»Ja. – Wir beide werden heiraten, du und ich.«

Sie faßte nach seiner Hand und preßte sie: »Aber ich bin doch viel zu alt für dich.«

»Die paar Jährchen, pah, was bedeuten die schon«, meinte Kane leichthin.

»Sie bedeuten eine Menge«, erklärte Nancy mit düsterer Stimme. »Noch macht es dir nichts aus, aber in zwanzig – dreißig Jahren wirst du mich mit anderen Augen betrachten.«

»Niemals!« versprach Kane.

»Sag nicht niemals!« rief sie heftig. »Was weißt du schon von den Frauen! Eines Tages werde ich alt sein, und du wirst dich daran erinnern, daß du eine viel jüngere hättest haben können.«

»Warum jetzt schon darüber streiten?«
versuche sie zu küssen. Aber ihre Lip[pen,]
willig gewesen waren, gaben ihm di[e]

»Und es ist dein fester Entschluß,
zu töten?« fragte sie leise und befre[mdet.]

»Mein unumstößlicher!« erwide[rte ... Ich bin]
schon schuldig. Außerdem kann i[ch Belle]
nicht überlassen.«

»Wer ist Belle?«

»Meine Stute, auf der er weggeritten ist. Das best[e Pferd zwi]-
schen dem Mississippi und der Pazifik-Küste.«

»Dann ist es schon entschieden«, sagte Nancy. »Selbst wenn
ich zustimmen würde, Frank, wir beide könnten niemals heiraten.«

»Und warum nicht?«

»Weil«, rief sie, während Tränen aus ihren Augen schossen,
»John Gilmore dich vorher umbringen wird! Er ist viel besser mit
einer Schußwaffe und viel skrupelloser als du. Er spürt es, wenn
ihn jemand verfolgt – er besitzt einen Instinkt, der ihn warnt. Er
würde dir eine Falle stellen und dich ohne zögern abknallen. Du
hast nicht die Spur einer Chance gegen ihn.«

»Abwarten«, murmelte Kane.

Als er wieder nach ihr greifen wollte, zog sie sich vor ihm zurück bis zum Fußende des Bettes. Ihr Gesicht schimmerte wie
ein bleicher Fleck in der Dunkelheit des Raumes.

»Nein, Frank! Darauf kann ich keine Zukunft bauen. Vergiß
Gilmore, dann werde ich bei dir bleiben.«

Kane schüttelte den Kopf.

»Den Bastard vergessen? Niemals! Hast du nicht selbst gesagt, daß du ihn tot sehen möchtest?«

»Ja. Aber das war doch – das war, bevor du mir einen Antrag
machtest.« Ihre Stimme schwankte: »Vergiß ihn und deine Rache, ich flehe dich an!«

»Ich kann nicht!« sagte Kane.

»Auch wenn ich dich darum bitte?«

»Auch dann nicht. – Es gibt nun einmal Dinge, die ein Mann
tun muß, wenn er vor sich selbst ein Mann bleiben will. Warum
könnt ihr Frauen das nur nicht verstehen?«

»Ich versuche es, Frank«, erwiderte Nancy, und ihre Stimme

...jede Wärme verloren. »Aber ich will nicht schon ...den, bevor ich getraut wurde. Gute Nacht.«

...mte Weiber! – dachte Kane.

...nd auf, störrisch und zutiefst verletzt.

...kannst das untere Bett haben, wenn du willst. Ich werde ...schlafen. Gute Nacht.«

...asender Schmerz zuckte plötzlich wieder durch seinen Kopf, der Wunde pulsierte das Blut. Er benötigte seine letzte Kraft dazu, um in das obere Bett zu gelangen. Dann lag er dort, in die rauhen Wolldecken gehüllt, weil eisige Schauer über seinen Rücken krochen. Einsetzender Schüttelfrost ließ seine Zähne klappern.

Manchmal, in einer Pause zwischen zwei Anfällen, vernahm er die sanften Geräusche der Nacht, die ihren dunklen Mantel um die einsame Station wob – und dazwischen noch andere Laute. Es war ihm, als ob Nancy im unteren Bett weinte.

X

Als Kane am nächsten Morgen ins Freie trat, mußte er sich übergeben. Sein Kopf glühte, und seine Beine schienen aus Gummi zu sein. Sie wollten ihn nicht mehr tragen.

»Du hast Fieber«, sagte Nancy zu ihm und führte ihn zum Bett.

»Durst«, klagte Kane.

Sie gab ihm zu trinken, erneuerte den Verband und erkannte, daß die Wunde sich infiziert hatte. Eine Blutvergiftung am Kopf endete meistens tödlich. Wenn keine Hilfe kam, würde Frank Kane sterben – aber immer würde sie sich daran erinnern, daß er der erste Mann in ihrem Leben gewesen war, der ihr die Heirat angeboten hatte.

Den ganzen Vormittag verbrachte sie neben Kane und kühlte ihm das fieberheiße Gesicht mit feuchten Kompressen. Mittag war schon vorbei, als sie Hufgetrappel und Räderquietschen vernahm.

Mit dem Gewehr in der Hand, trat sie vor die Tür und erkannte Reiter in blauen Uniformen, die das Trockenbett entlangkamen. Ein Offizier, sonnenverbrannt, jung und staubbedeckt wie seine Männer, hielt vor ihr an und legte die Hand an die Hutkrempe:

»Madam, gestatten Sie: Leutnant Moore von den Neunten Dragoons. Hat man Sie hier allein zurückgelassen?«

»Im Haus liegt ein Verwundeter«, erklärte Nancy hastig. »Er braucht Ihre Hilfe, Leutnant.«

Moore nickte und stieg vom Pferd.

»Das wird augenblicklich geschehen, Madam.«

»Er ist sehr schwer verletzt«, flüsterte Nancy. »Er wird sterben, wenn Sie ihn nicht nach Carson City schaffen lassen, wo es Ärzte und ein Hospital gibt.«

»Auch das kann geschehen«, erwiderte der Leutnant. »Zum Glück haben wir einen Ambulanzwagen bei uns, weil wir die Wüste nach versprengten und verwundeten Weißen absuchen.«

Er schaute sich suchend um: »Und sonst ist niemand hier? Zwischen hier und Fort Churchill sind wir auf zwei verstümmelte Leichen gestoßen. Anhand der bei ihnen gefundenen Papiere konnten wir ihre Namen feststellen. Sie lauteten Stiles und Hammond. Wissen Sie etwas über die beiden, Madam?«

»Stiles? Hammond?« Nancy spürte ihre Kehle eng werden.

»So lauteten die Namen«, gab Moore steif zurück. »Nun, ich glaube, Sie haben diese beiden Männer gekannt?«

Nancy nickte.

»Ja. Sie gehörten wie ich zu einer Postkutsche, die von den Paiutes aufgehalten wurde. Wir schlugen uns bis zu dieser Station durch. Vorgestern nacht brachen Stiles und Hammond nach Fort Churchill auf, um Hilfe zu holen, wie sie sagten.«

»Oder um ihre eigene Haut in Sicherheit zu bringen«, bemerkte der Offizier trocken. »Nun, es hat ihnen nichts genutzt. Sie sind in ihr Unglück gerannt.«

Er machte eine Kopfbewegung zur Tür: »Wer ist der Verwundete dort im Haus?«

»Ein Kurier des Pony Express. Wie Sie wissen werden, ist dies eine Pferdewechselstation.«

»Richtig, Madam.« – Moore warf einen Blick auf den leeren Corral: »Und die anderen? Es müssen sich außer diesem Kurier doch noch andere Männer hier befunden haben.«

»Mister Colby; er ist tot, wir haben ihn gestern hier begraben!« fuhr Nancy ihn an. »Wollen Sie noch lange herumstehen und Fragen stellen, anstatt einem schwerverletzten Mann zu helfen?«

»Schon gut, Madam; schon gut«, antwortete Moore steif.

Er drehte sich um und gab einem Soldaten, der drei gelbe Winkel auf den Ärmeln seines durchschwitzten Wollhemdes trug, ein Zeichen: »Sergeant, bringen Sie den Ambulanzwagen auf Trab!«

Als Kane einmal aus seinen Fieberphantasien erwachte, sah er über sich das fleckige Leinwanddach eines Planwagens. Und er hörte Nancys Stimme sagen: »Keine Sorge, mein Lieber, es ist alles vorbei. Wir befinden uns schon auf dem Weg nach Carson.«

Erschöpft fielen ihm wieder die Augen zu. Ab und zu stöhnte er auf, wenn ein Rad des ungefederten Wagens durch ein Schlagloch rumpelte. Nancy saß neben ihm und hielt seine Hand.

Carson City wimmelte von Soldaten und bewaffneten Zivilisten. Die widersprüchlisten Gerüchte schwirrten durch die Stadt. Die Paiutes sollten schon über siebzig Weiße erschlagen haben. Aber unter der Hand erzählte man sich, daß es schon ein paar hundert wären.

Im Hospital waren die beiden Ärzte der Stadt und ein Militär-Chirurg dabei, die Verwundeten zu versorgen, die von den Patrouillen aufgelesen und nach Carson City gebracht worden waren. Kane bekam ein Feldbett mit einer sauberen Matratze. Er merkte nichts davon, als man ihn darauflegte. Seine vom Fieber aufgesprungenen Lippen bewegten sich murmelnd. Und seine Hand irrte tastend umher und suchte nach einer anderen.

Nancy beugte sich über ihn und hörte, wie er immer wieder »Carry!« flüsterte.

Es gab ihr einen Stich. Sie hatte gehofft, daß er ihren Namen nennen würde, und nun rief er nach einer anderen Frau.

Im Juni 1860 hatte die Armee den Aufstand der Paiutes niedergeschlagen. Numaga legte seine Häuptlingswürde nieder und zog sich in die Berge zurück. Das viele Blut, das den Pony Trail überschwemmt hatte, versickerte im Sand.

Mister Bolivar kam aus Julesburg angereist, um den Expreßdienst neu zu organisieren. Die niedergebrannten Stationen wurden wiederaufgebaut, Ersatzpferde gekauft und neue Stationsmanager und Pferdewärter angeworben. Ein paar Reiter, die sich während des Paiute-Krieges geweigert hatten, die Post zu befördern, mußten ihren Dienst quittieren. Für sie standen schon andere bereit. Bisher war die Post nur einmal wöchentlich von Ost nach West und umgekehrt befördert worden. Jetzt ließ William H. Russell, der ›Napoleon der Plains‹ und führende Kopf der Gesellschaft, als Ausgleich für den vierwöchigen Ausfall seine Reiter zweimal je Woche durch den Kontinent galoppieren.

Bevor Mister Bolivar nach Julesburg zurückkehrte, besuchte er Kane im Hospital und ließ sich von ihm Bericht erstatten.

»Schade um Nick Colby«, seufzte er. »Er war der beste Mann, den ich kannte. Sie, Frank, und ich, wir beide haben einen Freund verloren.«

Mit gerunzelter Stirn blickte er auf Kane herab, der blaß und hohlwangig in seinem Bett lag: »Es tut mir auch leid um Ihre Stute, dieses fabelhafte Pferd, das mit diesem Bastard von Gilmore verschwunden ist. Aber ich verspreche Ihnen, daß ich die Augen offenhalten werde. Wir sind schließlich eine große Organisation und besitzen viele Leute im Lande, die für uns arbeiten. Sobald ich eine Spur von ihr entdecke, lasse ich es Sie wissen.«

»Danke, Sir«, murmelte Kane.

Bolivar winkte ab. »Nichts zu danken. Sie sind im Dienst des Pony Express verletzt worden und haben einen großen Verlust erlitten; dafür sind wir Ihnen schließlich eine Gegenleistung schuldig.«

Er drückte Kane die Hand: »Halten Sie die Ohren steif, und werden Sie bald gesund. Wenn Sie wieder für uns reiten wollen – auf Friday's Station ist immer ein Platz für Sie frei. Ich habe in Smith's Creek und Fort Churchill von Ihrem großen Ritt gehört. Die Zeitungen im Osten berichten schon darüber. Sie sind ein berühmter Mann geworden, Frank. Ihr Name wird in die Geschichte des Pony Express eingehen.«

Kane wurde rot. »Es war gar nichts Besonderes, Sir«, sagte er.

»Nichts Besonderes?« Bolivar lächelte. »Nun, gestatten Sie mir, daß ich darüber anderer Meinung bin. Und die Herren Russell, Majors und Waddell sind es auch. Sie lassen Ihnen, zum

Zeichen ihrer Wertschätzung, dieses hier überbringen.« Damit legte er eine goldene Taschenuhr mit eingravierter Widmung auf Kanes Bett, verabschiedete sich und ging.

Nancy Sherman kam am nächsten Tag. Sie setzte sich zu ihm und lächelte ihn an.

»Wie geht es dir, Frank?«

»Ganz gut.« Er musterte sie verstohlen. »Der Arzt meinte, daß ich in ein paar Tagen das Bett verlassen könnte. Nicht mehr lange, und ich werde wieder reiten können. Mister Bolivar vom Pony Express war da und hat mir einen Posten auf meiner alten Route angeboten.«

Seine Hand tastete nach der ihren: »Und das habe ich alles dir zu verdanken. Ohne deine Hilfe wäre ich da draußen glatt krepiert.«

»Schon gut, Frank«, flüsterte Nancy.

Dann stellte sie die Frage, die ihr schon lange auf der Seele brannte: »Wer ist Carry?«

»Carry? Wieso gerade Carry?« Kane runzelte die Stirn. »Was weißt du von ihr?«

»Nichts.« – Nancy hätte keine Frau sein müssen, wenn sie auf jene Unbekannte nicht eifersüchtig gewesen wäre: »Du hast nur, während du im Fieber lagst, häufig ihren Namen genannt.«

Kane fuhr sich mit der Hand über die Augen. Da waren sie wieder, die düsteren, blutigen Bilder.

»Sie hieß Carry Dixon und war die Tochter eines Missionars, der den Heiden auf den Sandwich-Inseln das Evangelium bringen wollte.«

»Hieß . . .?« murmelte Nancy erstickt.

Kane nickte.

»Ja, hieß. Denn sie ist schon lange tot. Sie war sechzehn Jahre alt und reiste mit uns in dem gleichen Wagenzug, der meine Familie nach dem Westen brachte. Ich glaube, ich war verliebt in sie. Ja, bestimmt habe ich sie geliebt – sie war so hübsch und sanft. Als wir von Paiutes im Frühjahr überfallen wurden, versuchte ich sie zu retten. Dabei wurde sie getötet; vom letzten Schuß, der in diesem Kampf fiel. Sie saß hinter mir auf dem Pferd und fing die Kugel auf, die sonst mich getroffen hätte.«

»Frank – es –, es tut mir leid«, stammelte Nancy.

»Schon gut.« Er blickte zur Decke des kahlen, nach Äther und Chloroform riechenden Raumes hinauf. »Es ist erst ein paar Monate her, aber mir ist zumute, als wären schon Jahre darüber vergangen. Carry Dixon – ich kann mich kaum noch daran erinnern, wie sie ausgesehen hat.«

So wie diese Carry würde er auch mich eines Tages vergessen, wenn ich jetzt bei ihm bliebe, dachte Nancy bitter. Die vielen Jahre in John Gilmores Gesellschaft hatten sie gelehrt, den Männern zu mißtrauen.

Von diesem Tage an wurden ihre Besuche seltener. Kane gestand sich ein, daß er sie vermißte. Zwar war nie wieder etwas von jenem alten Zauber zurückgekehrt, der sie damals in Dry Creek Station umfangen hatte, aber Nancy Sherman gehörte nun einmal zu ihm. Sie war ein Teil seines Lebens geworden.

Er durfte das Bett verlassen und lernte es wieder, auf wakeligen, sich hölzern anfühlenden Beinen zu gehen. Manchmal kam Nancy noch und half ihm dabei. Er fragte sie nie, wo sie gewesen war und was sie trieb. Er hielt sich dabei an den eisernen, ungeschriebenen Kodex des Westens, nie neugierige Fragen zu stellen. Wenn jemand es für nötig befand, daß ein anderer etwas über ihn wissen sollte, dann redete er schon von selbst.

Aber Nancy sprach nicht.

Kane wußte, daß sie arm wie eine Kirchenmaus nach Carson City zurückgekehrt war. Und sie mußte doch irgendwie ihren Lebensunterhalt verdienen! Vielleicht war sie schon wieder mit einem anderen Mann zusammen? War das der Grund, warum sie ihn immer seltener besuchte?

Anfang Juli wurde Kane aus dem Hospital entlassen – ein junger Mann von noch immer neunzehn Jahren mit dem gereiften Gesicht eines Dreißigjährigen. Er machte sich auf den Weg zum Postkutschendepot, um eine Fahrgelegenheit hinaus nach Friday's Station zu finden.

Nancy begegnete ihm auf der Straße. Sie war in Begleitung eines schlanken, modisch gekleideten Mannes. Als sie Kane bemerkte, hoben sich ihre Brauen.

»Frank...!?«

Sie ließ ihren Begleiter stehen und überquerte die Fahrbahn. Kane stellte fest, daß sie wieder ein grünes Kleid trug ähnlich dem, in welchem er sie das erste Mal gesehen hatte. Es stand ihr gut und brachte die Anmut ihrer Figur voll zur Geltung. Nur war es nicht mehr so tief ausgeschnitten wie das damalige - und Nancys Gesicht war weniger geschminkt, die Lippen nicht mehr so stark nachgezogen. Auch die Lidschatten unter den Augen hatte sie weggelassen.

»Frank!« Sie faltete ihren Sonnenschirm zusammen und griff nach seinem Arm: »Wie geht's dir?«

»Ganz gut, wie du siehst«, murmelte Kane.

Er ließ den geschniegelten Dandy auf der anderen Straßenseite nicht aus den Augen. Das also war der Kerl, um dessentwillen sie ihn in letzter Zeit so vernachlässigt hatte.

»Wer ist das?« Er machte eine unbeherrschte Kopfbewegung.

Nancy errötete flüchtig. »Nur ein Bekannter«, erwiderte sie leichthin.

»Ich denke, daß ich ihn erschießen sollte«, knirschte Kane.

»Aber warum denn?« Sie klammerte sich an ihn. »Was hat er dir denn getan? Du kennst ihn ja überhaupt nicht.«

»Dafür scheint er dich um so besser zu kennen!« Kane spürte, wie ihm das Blut zu Kopfe schoß. »Ein Grund mehr, ihn umzubringen.«

Nancy lachte plötzlich und löste sich von ihm.

»Aber Frank, mein Lieber, du bist ja eifersüchtig!« kicherte sie.

»Eifersüchtig? Ich auf den? Keine Spur«, grollte Kane.

»Doch, doch, du bist es.« - Sie faßte nach seiner Hand: »Aber ich sage dir jetzt etwas, mein Lieber: Es ist nicht, was du denkst. Wir sind wirklich nur gute Bekannte.«

»Lüge!« fuhr Kane sie an.

Augenblicklich wurde ihr Gesicht düster.

»Ich wußte ja, daß du mir nicht glauben würdest. Und so wäre es immer gewesen, wenn ich deinen Antrag angenommen und dich geheiratet hätte. Stets hättest du dich an all das andere erinnert. Aber Mißtrauen ist ein schlechtes Fundament für eine Ehe.«

Kane fühlte sich immer mehr zusammenschrumpfen, als er die Tränen in ihren Augen glitzern sah.

»Verzeih«, murmelte er.

»Warum sollte ich dir verzeihen?« Sie lachte schon wieder,

hatte sich vollkommen in der Hand. »Du und ich, wir stehen nun einmal auf verschiedenen Seiten des Lebens – und es gibt keinen Weg herüber oder hinüber.«

»Nein?«

Nancy schüttelte ernst den Kopf.

Die beiden Tränen, die sich aus ihren Augen gelöst hatten, rollten ihre Wangen hinab und hinterließen dort eine feuchtschimmernde Spur.

»Nein, Frank. – Ich habe das immer gewußt. Damals, in Dry Creek Station, da war ich wirklich einmal glücklich. Das wollte ich dir noch sagen, ehe ich gehe.«

»Du gehst?« Kane war wie vor den Kopf geschlagen.

»Ja, ich verlasse die Stadt noch heute.« Nancy zog ein Batisttüchlein aus dem Ärmel und trocknete damit ihre Wangen ab: »Ich war gerade auf dem Weg zu dir, um dir Lebewohl zu sagen.«

»Aber du kannst doch nicht...«, stammelte Kane. »Ich meine, du und ich, wir beide... also das ist unmöglich...«

»Es muß sein«, flüsterte sie.

Er packte sie an beiden Armen und schüttelte sie grob: »Aber warum, Nancy, warum?«

»Brauchen Sie Hilfe, Miß Sherman?« fragte ihr Begleiter von der anderen Straßenseite herüber.

»Halten Sie den Mund!« schrie Kane.

Er starrte Nancy ins Gesicht: »Warum?«

Sie schloß die Augen, und er beobachtete, wie sie blaß wurde. Sie rang um ihre Beherrschung, das war klar. Aber er konnte sie nicht gehen lassen. Sie durfte doch nicht so einfach aus seinem Leben verschwinden.

»Warum, Nancy? Sag es mir!«

Ihr Kopf neigte sich vornüber, bis ihre Stirn seine Brust berührte.

»Warum wohl, Frank?« hauchte sie tonlos. »Hab' ich es dir nicht schon deutlich genug erklärt?«

»Aber wir könnten es doch wenigstens versuchen.«

»Es wäre ein Versuch, der uns beiden furchtbare Wunden zufügen würde. Und das wollen wir doch nicht, oder? Wir wollen uns doch in guter Erinnerung behalten.«

Sie riß sich von ihm los, trat einen Schritt zurück: »Es ist längst entschieden. Adieu, Frank – und bitte, denke ohne Haß an mich.«

Sie schritt über die Straße und griff nach dem Arm ihres Begleiters: »Und nun können Sie mich zur Postkutsche bringen, Andrew.«

Kane lief hinter ihnen her. »Halt, hiergeblieben!« brüllte er.

Der Mann ließ Nancy los und schwang auf seinen Hacken herum. Er war gut einen Kopf größer als Kane, und sein grauer Gehrock wurde an der rechten Hüfte durch den Revolver aufgebauscht, den er dort trug.

»Ich glaube, jemand sollte Ihnen bessere Manieren einbläuen, mein junger Freund«, drohte er.

»Scheren Sie sich zum Teufel, oder ich durchlöchere Sie!« fauchte Kane.

Er griff zur Waffe, aber Nancy schob sich zwischen ihn und den anderen.

»Warum willst du ihn töten, Frank? Ich habe ihn nur gebeten, mich aus der Stadt zu bringen, und das tut er.«

Kane sah rot. »Kalt mach ich den Schuft!« tobte er.

»Gehen Sie aus dem Wege, Miß Sherman!« rief ihr Begleiter.

Sie schüttelte den Kopf.

»Nein! Sie werden nicht den ersten Schuß abfeuern, Andrew.«

Sie wandte sich an Kane: »Nun, Frank? Auf was wartest du noch?«

»Geh zur Seite!« krächzte er.

»Ich bleibe, wo ich bin.« Ihr Gesicht war starr wie eine Maske. »Wenn du unbedingt schießen willst, Frank, würde deine erste Kugel mich treffen. Und das wäre Mord! Man würde dich dafür hängen.«

»Aus dem Wege!« schrie Kane sie an. Er bemerkte, wie sich am Ende der Straße die Leute zusammenzurotten begannen.

»Du willst mich also tatsächlich umbringen, Frank?« flüsterte Nancy.

Vor Kanes Augen begann sich alles zu drehen. Alles tauchte wieder vor ihm auf, was ihn an diese Frau kettete: Gilmore im Sattel von Belle – Nick Colbys blutiger Leichnam –, ihre kühle Hand auf seiner fieberheißen Stirn – die glücklichen Stunden in Dry Creek Station.

»Wie könnte ich das?« schluchzte er und wandte sich ab.

Nancy schaute ihm nach, wie er die Straße hinunterwankte. Am liebsten wäre sie ihm nachgelaufen, hätte sich in seine Arme geworfen, aber es war unmöglich.

Denn sie hatte noch eine Aufgabe zu erfüllen: John Gilmore zu finden, bevor Kane ihn aufspürte.

Eine halbe Stunde später verließ sie Carson City für immer.

XI

Kane kehrte nach Friday's Station am Lake Tahoe zurück und nahm seine Arbeit wieder auf. Zweimal in jeder Woche galoppierte er die fünfundsiebzig Meilen nach Fort Churchill oder umgekehrt herunter.

Der Winter brachte die große Bewährungsprobe für den Pony Express. Aber Reiter und Pferde hielten durch. Durch die von wütenden Blizzards durchtobten Ebenen, über die verschneiten Sierras hinweg bahnten sie sich unverdrossen ihren Weg: Die Post mußte durchkommen – und sie kam durch.

Aber die Ausfälle häuften sich, und im Frühjahr waren Roß und Mann von den schweren Strapazen gezeichnet. Dazu kamen andere Schwierigkeiten: Banditen hatten längst herausgefunden, daß die Kuriere in den Cantinas ihrer Mochila nicht nur Post, sondern auch Kreditbriefe, Schecks und Bankanweisungen transportierten. Die Überfälle häuften sich, und mancher der jungen Reiter sah sich jetzt weniger von den Pfeilen der Indianer als von den Kugeln der Outlaws bedroht.

Kane wurde nur einmal von einem Einzelgänger in dem waldigen Bergland zwischen Carson City und Friday's Station überfallen. Der Mann hielt ihm eine Schrotflinte unter die Nase und forderte ihn zum Absteigen auf.

Es war eine kitzlige Situation. Kane wußte, daß die beiden Ladungen aus den Doppelläufen der Flinte ihn im Handumdrehen zu Hackfleisch verwandeln würden, wenn er nicht gehorchte. Andererseits fühlte er sich verantwortlich für das, was man ihm anvertraut hatte.

Langsam schwang er sich aus dem Sattel. Dann, als er neben

dem Pferd stand, rammte er ihm blitzschnell den Daumen in das empfindliche Bauchfleisch dicht hinter dem Gurt.

Das Pferd, nervös und erschrocken, machte einen Satz nach vorn und rannte den Banditen um. Kane zog seinen Colt und schoß. Er jagte noch eine zweite Kugel in den Körper des Mannes, bevor er aufstieg und weiterritt, um in Friday's Station Bericht von dem Überfall zu erstatten. Seitdem Nancy Sherman ihn verlassen hatte, war er ein anderer geworden, verbittert und hart. Daß er ein Menschenleben ausgelöscht hatte, berührte ihn nicht mehr als das Zerquetschen einer Fliege.

Im Hochsommer 1861 häuften sich die Hiobsbotschaften, die aus dem Osten kamen. Mr. Russell war nach Washington gereist, um die zugesagten Regierungszuschüsse einzutreiben. Von Anfang an hatte der Pony Express mit Verlust gearbeitet. Jetzt besaßen die Stationsmanager noch nicht einmal mehr Geld genug, um den Lohn der Kuriere auszuzahlen. Dennoch blieben die meisten dieser überwiegend jugendlichen Reiter bei der Stange, denn sie wußten, daß sie in die Geschichte ritten.

Weitaus bedrohlicher hörte sich eine andere Nachricht an: Die Telegrafenlinie hatte Salt Lake City erreicht und war bereit, in das Carson Basin vorzudringen. Sobald sie Anschluß an den von Kalifornien aus nach Osten verlegten Draht gefunden hatte, würde der Pony Express überflüssig sein.

Und so geschah es: Am 24. Oktober 1861 wurde die durchgehende Leitung von der Ost- zur Westküste vollendet, und bereits zwei Tage später, am 26. OKTOBER, stellte der Pony Express offiziell seinen Kurierdienst ein. Es gab noch ein paar lokale Ritte, aber am 20. November 1861 stieg der letzte Postreiter endgültig und für immer in Sacramento aus dem Sattel, gab sein Pferd ab und sah sich nach einem anderen Job um. So wenig wurde Notiz von dieser Tatsache genommen, daß noch nicht einmal sein Name der Nachwelt überliefert ist.

Der Pony Express, das so spektakulär vor eineinhalb Jahren gestartete berühmteste Postreiterunternehmen der Neuzeit, gehörte der Vergangenheit an.

Da Friday seine Reiter, die auf seiner Heim-Station einquartiert waren, nicht auszahlen konnte, bot er ihnen die Postpferde als Ersatz an. Kane suchte sich eine braune Stute aus, die ihn an Belle erinnerte, packte seine wenigen Habseligkeiten zusammen und ritt nach Carson. Seit seinem legendären Ritt im Paiute-Krieg galt er als zäh und zuverlässig, und seitdem er den Banditen westlich der Stadt erschossen hatte, auch als kaltblütiger Schütze. Daher wurde es ihm nicht schwer, in den Silberminen einen Job als bewaffneter Transportbegleiter zu finden. Ein Mann, der sich beim Pony Express bewährt hatte, fand überall eine offene Tür.

Im Frühjahr besaß er genug Geld, um sich endlich auf die Suche nach Gilmore und Belle zu machen. Er hatte die Hoffnung, den Schuft, dem er den schlimmsten Tag seines Lebens verdankte, doch noch aufzuspüren und zur Rechenschaft zu ziehen, niemals aufgegeben.

Er kündigte seine Stellung und kehrte nach Carson zurück, um sich für einen längeren Ritt auszurüsten. Dabei dachte er immer wieder an Nancy. Damals, als sie fortgegangen war, hatte er im Schatten eines Hauses gestanden und ihre Abfahrt beobachtet. Sie war nach Osten gereist. So verließ Kane die Stadt in der gleichen Richtung – immer noch von der geheimen Hoffnung erfüllt, Nancy eines Tages wiederzutreffen.

An den alten, inzwischen längst aufgegebenen ›swing stations‹ des Pony Express vorbei ritt er nach Fort Churchill und von da weiter nach Smith's Creek und von dort aus nach Salt Lake. Erinnerungen kamen und bedrängten ihn, wenn er abends an seinem einsamen Lagerfeuer saß. Die Epoche der donnernden Hufe, der wagemutigen jungen Reiter war vorbei – vertrieben durch ein armseliges Stück Draht. So würde eines Tages auch die Ära der wilden Büffel und freien Indianer der Vergangenheit angehören, wenn immer das weiter in den Westen vordrang, was man im Osten ›Fortschritt‹ nannte.

In Salt Lake erfuhr er von neuen, aufregenden Goldfunden, die man in der Nähe von South Pass gemacht hatte. Eine ganze Stadt sollte dort entstanden sein, die sich bereits großspurig als ›South Pass City‹ bezeichnete.

Kane blieb in Salt Lake City, bis sein Pferd sich erholt hatte. Im Osten tobte der Bürgerkrieg, aber das berührte hier draußen kaum jemanden. Salt Lake war gewachsen, seitdem Kane das letzte Mal hiergewesen war. Der Westen veränderte sich überraschend schnell.

Vorsichtig zog er Erkundigungen nach John Gilmore ein. Aber

es war, als ob die Erde sich aufgetan und diesen Schurken verschluckt hätte. Auch über Nancy Sherman konnte Kane nichts erfahren. Vielleicht waren alle beide längst tot. Aber Kane wußte, daß er nicht eher aufgeben würde, bis er Gewißheit besaß.

Er verließ Salt Lake City nach drei Tagen und driftete ostwärts den Wasatch-Bergen zu. Dabei folgte er dem alten Wagentrail. Sein Ziel hieß South Pass. Eine Stadt wie diese, gesetzlos und voller Geld, war genau der richtige Platz, den ein Aasgeier wie Gilmore brauchte.

Jenseits der Wasatch Mountains wurden ihm die Landmarken vertraut. Und dann kam der Tag, vor dem er sich gefürchtet hatte; der Tag, an dem er auf den Schauplatz des Gemetzels stieß.

Da lagen sie noch, die schwarz verkohlten, von Sonne, Wind, Regen und Schnee zerfressenen Überreste der Planwagen. Welcher mochte der von McCullock sein? Oder der von O'Dowell – von Carry Dixons Familie?

Kane stieg ab und führte sein Pferd am langen Zügel. Sein Fuß stieß gegen einen ausgeglühten Radreifen. Zwei lange Jahre hatten die Kadaver der Ochsen in weiße Knochenhaufen verwandelt. Auf einem gebleichten Schädel hockte ein Rabe, der Kane mit schiefgelegtem Kopf eine Weile betrachtete, ehe er krächzend abstrich. Von den Gräbern der Erschlagenen war keine Spur zu sehen.

Eine Militär-Einheit oder eine nachfolgende Karawane hatte sie bestattet, das war sicher. Aber dann hatten die Ochsen weiterer Wagenzüge über den Gräbern gegrast, andere Räder und Hufe sie immer tiefer in den Boden gestampft, und der Rest war vom Wind besorgt worden. Jetzt vermochte niemand mehr zu sagen, wo die schliefen, die damals den Kugeln und Pfeilen der Paiutes zum Opfer gefallen waren. Es war, als ob es sie nie gegeben hätte.

In Fort Bridger erkannten ihn die Leute gleich wieder. Sie klopften Kane auf die Schultern und nannten ihn ›den Teufelsreiter vom Pony Express‹. Aber als er sie nach Gilmore auszufragen begann, wurden sie stumm wie Austern.

Zu den alten Mitgliedern von Jim Bridgers Handelsstation hatten sich neue gesellt, die vollgepropft waren mit Nachrichten aus dem Osten. Am Abend nach seiner Ankunft wurde Kane Zeuge einer handfesten Prügelei, die sich zwischen Anhängern der Nordstaaten und solchen, die für den Süden sympathisierten, entwickelt hatte. Da es ihn nichts anging, hielt er sich heraus. Sollten sie sich ruhig die Köpfe einschlagen. Er suchte Gilmore und Belle – und eine Frau, die er einfach nicht vergessen konnte.

Dann wurde er plötzlich gewahr, wie einer der Streitenden einen Revolver zog und auf einen anderen damit zielte. Sofort war er neben dem Mann und schlug ihm die Waffe aus der Hand. Ein einziger Schuß hätte sofort eine allgemeine Schießerei ausgelöst, denn Bridger, auf den diese Männer sonst alle hörten und den sie fürchteten, war gerade als Scout für die Armee unterwegs.

Als er am nächsten Morgen sein Pferd sattelte, gesellte sich einer der Streithähne zu ihm, ein Mann mit einem zugeschwollenen Auge, einer aufgeplatzten Lippe und einem blutunterlaufenen Nasenbein.

»Heiße Bond«, brummte der Mann. »Und du bist Pony-Kane, nicht wahr?«

»Pony-Kane?« fragte Kane murmelnd.

Bond nickte.

»Na klar. So haben dich die Zeitungen im Osten genannt – damals nach deinem großen Ritt am Anfang des Paiute-Krieges.«

»Es ist mir gleich, wie sie mich nennen«, erwiderte Kane und griff nach dem Sattelgurt.

»Höre«, murmelte Bond, »ich bin der, auf den Jerkill, dieser Hundesohn, gestern mit seinem Schießeisen losgehen wollte. Ohne dich wäre ich jetzt tot, drum bin ich dir was schuldig.«

»Schuldig was?« meinte Kane trocken.

»Eine Nachricht, die dich interessieren dürfte.« Bond schaute sich vorsichtig um: »Du hast dich gestern nach einem gewissen Gilmore erkundigt. Vor zwei Wochen, als ich durch South Pass kam, bin ich dort einem Halunken begegnet, auf den die Beschreibung paßt. Hatte sein Hauptquartier im Eldorado-Saloon aufgeschlagen und nahm dort die Goldgräber beim Pokern aus. Ich wette, er ist noch da – vorausgesetzt, daß sie ihn nicht inzwischen aufgehängt haben.«

Kane spürte, wie sein Mund plötzlich trocken wurde. Da war sie, die Spur, nach der er gesucht hatte.

»Danke«, sagte er.

Bond winkte ab.

»Nichts zu danken. Sei vorsichtig, wenn du dem Schweinehund begegnest! Er hat sich mit zwei Schießeisen behängt, weil ihm eins nicht mehr genügt. Überall, wo er gewesen ist, soll er ein paar tote Männer hinter sich zurückgelassen haben.«

»Ja«, nickte Kane, »das sieht ihm ähnlich; das paßt zu ihm. Hast du eine Frau in seiner Nähe gesehen, Kamerad?«

Bond grinste von einem Ohr zum anderen.

»Oh, Frauen gibt's jetzt in South Pass City eine ganze Menge. Goldgräberinnen der Liebe, du verstehst? Es waren so viele, daß ich auf eine einzelne nicht geachtet habe.«

Kane spürte den Stich der Enttäuschung. Er hatte immer darauf gebaut, Nancy in Gilmores Nähe zu finden; warum, konnte er selbst nicht sagen. Es war nur eine Vermutung, ein ganz vages Gefühl.

»Was nicht in Ordnung?« wollte Bond wissen. »He, du bist ja plötzlich ganz blaß geworden!«

»Es ist nichts«, gab Kane gepreßt zur Antwort und schwang sich in den Sattel.

Sein nächstes Ziel hieß South Pass City.

XII

Es war schon Mitte Mai, als er sich die niedrigen zerrissenen Kämme zum Südpaß hinaufarbeitete. Dabei erinnerte er sich noch genau an jene Stimmung, die damals, vor beinahe drei Jahren, unter den Wagenleuten geherrscht hatte, als sie diesen Punkt überquerten, der die kontinentale Wasserscheide bildete.

Auf der Höhe machte Kane betroffen halt. Vor ihm lag die Stadt in einer Größe, wie er sie sich nicht vorgestellt hatte. Damals, als er mit der Karawane hier durchgekommen war, hatten in South Pass nur ein paar Squawmänner in ihren verlausten Hütten gelebt.

Ein scharfer Wind fegte von den Bergen herunter und die

Straße entlang, an der sich die Gebäude der Stadt in einer Länge von einer guten halben Meile erstreckten. Rauch wirbelte aus vielen Kaminen zum Himmel hinauf. Klingende Hammerschläge ertönten aus einer Schmiede. Das Geschäftsviertel lag an einem besonders breiten Straßenstück, damit Fuhrwerke ungehindert wenden konnten. Der Wind trieb einen Ballen Rollgras vor sich her, das sich schließlich an einem Vorbau verfing. Der feine Staubschleier, der über South Pass City lag, wurde von der Sonne versilbert.

Kane reckte sich in den Bügeln. Er las die vielfältigsten Inschriften an den falschen Bretterfassaden der Geschäftshäuser: ›Tin Shop‹, ›Hardware‹, ›General Store‹ und so weiter. Und dann die Hotels und Saloons! – In einem davon würde er, wenn Bond recht behielt, auf John Gilmore stoßen. Seine Lippen preßten sich aufeinander.

»Los!« sagte er zu der Braunen und ritt in die Stadt hinunter.

Irgendwo wurde ein Triangel geschlagen und erinnerte Kane daran, daß es Zeit zum Mittagessen war. Er beobachtete, wie von harter Arbeit geprägte Männer die Speisehäuser betraten, um hastig ihre Mahlzeit hinunterzuschlingen, ehe sie zu ihrem Job zurückkehrten. Ihre primitiven Unterkünfte schlossen sich hinter dem Geschäftsviertel an. Kane schätzte, daß mindestens viertausend Menschen hier wohnten. Für die Verhältnisse des Westens waren das viel.

Er stieg bei einer Pferdetränke ab und sah zu, wie die Stute durstig das Maul ins Wasser steckte. Ein Mann hockte auf dem Rand des hölzernen Gehsteiges und schoß mit einem Karabiner, dessen Konstruktion Kane fremd war, quer über die Straße hinweg auf ein Ziel zwischen den Häusern.

Kane sah, daß es leere Konservenbüchsen waren, die jemand dort aufgeschichtet hatte. Bei jedem Schuß schepperten die Büchsen, und der Wind trieb die Wolke des stinkenden Pulverqualms die Straße entlang. Niemand schien Notiz davon zu nehmen.

Zwei Frauen mit geschnürten Taillen trippelten den Bürgersteig entlang, wobei sie Mühe hatten, mit ihren spitzen Absätzen nicht in den Spalten zwischen den ausgedörrten Planken hängenzubleiben. Sie hielten Sonnenschirme über ihre bleichen Gesichter mit den viel zu rot geschminkten Lippen. Eine von ihnen trug ein grünes Kleid aus raschelnder Seide. Kanes Herz tat einen schnellen, schmerzenden Schlag.

Aber es war nicht Nancy Sherman – es war eine vollkommen Fremde.

Kane trat zur Seite, als die Frauen vorbeirauschten. Er fing einen erstaunten Blick von ihnen auf, denn sie waren es nicht gewöhnt, daß ihnen jemand Platz machte. Sie mußten zu jenen Goldgräberinnen der Liebe gehören, von denen Bond in Fort Bridger berichtet hatte. Kane war der gleichen Art weiblicher Wesen schon in Carson City begegnet. Ihre Stellung im Leben war unschwer zu erkennen.

Aus dem Schatten seiner Hutkrempe spähte Kane die Straße hinauf und hinab. Eldorado Saloon, hatte Bond behauptet.

Es gab viele Saloons, und einer ähnelte dem anderen. Sie besaßen massive Mauern und stabile Fensterläden aus dickem Eichenholz, die an jedem Zahltag sorgfältig geschlossen wurden – damit Kugeln, die man drinnen abfeuerte, auch dort blieben und nicht auf der Straße harmlose Passanten verletzten.

Irgendwo, in einer jener unzähligen Bars, Kneipen oder Hotels konnte Gilmore stecken. Kane sagte sich, daß er systematisch vorgehen mußte.

Er fand einen Mietstall und führte sein Pferd darauf zu. Jetzt, so nahe am Ziel, hatte er es plötzlich nicht mehr eilig.

»Einstellen?« fragte der Stallkeeper, ein schmutziges verwahrlost aussehendes Individuum, und streckte eine klauenartige Hand aus, als Kane nickte.

»Macht drei Dollar pro Nacht. Heu und Wasser ist genügend da, aber für das Tränken und Füttern müssen Sie selbst sorgen. Ich stelle nur den Platz.«

»Halsabschneider«, brummte Kane.

»Drei Dollar sind noch billig«, protestierte der Mann. »Gehen Sie doch woanders hin, wenn es Ihnen nicht paßt. Aber Sie werden in der ganzen verdammten Stadt kein günstigeres Angebot finden.«

Kane winkte ab: »Schon gut.«

Er führte die Stute in den Stall und versorgte sie. Vielleicht würde er sie, wenn er heute noch auf Gilmore stieß, überhaupt nicht mehr brauchen.

So tief war er in seine düsteren Gedanken vergraben, daß er

den flüchtigen Schritt hinter sich überhörte. Er fuhr erst herum, als er eine wohlvertraute Stimme vernahm:

»Guten Tag, Frank, mein Lieber.«

Da stand sie: Nancy Sherman. – Kane spürte das Blut in seine Wangen schießen.

»Nancy!«

Er wollte nach ihr greifen, aber sie wich ihm aus.

»Nicht, Frank. Laß schlafende Hunde ruhen, bitte.«

Seine Hände sanken herab, der Zauber des Augenblicks war vorbei. Nancy hier – das bedeutete wahrscheinlich, daß sie sich wieder mit Gilmore zusammengetan hatte.

»Wie lange bist du schon hier?«

»Schon den ganzen Winter.« Sie lächelte schwach. »Und jeden Tag habe ich am Fenster meines Hotelzimmers gestanden und nach Westen geschaut. Denn ich wußte, daß du kommen würdest.«

»Und Gilmore?«

»Der ist auch hier. Ich stehe wieder jeden Abend an seinem Spieltisch, falls dich das interessiert.«

Sie senkte die Stimme zu einem Flüstern: »Ich sah dich in die Stadt reiten – ich habe immer auf diesen Augenblick gewartet. Wenn du Gilmore finden willst, dann komm.«

»Warte«, sagte Kane.

Er wurde aus dieser Frau nicht klug. Daß sie wieder zu Gilmore zurückgekehrt war, konnte doch nur bedeuten, daß sie diesem Halunken alles verziehen hatte – selbst seine Flucht damals aus Dry Creek Station, wo sie von ihm im Stich gelassen worden war.

»Warum . . .?« begann er, aber sie legte ihm schnell den Finger auf den Mund: »Nicht fragen; du wirst schon sehen.«

Kane zog seinen Revolver aus dem Gürtelholster, prüfte die Ladungen in der Trommel und wechselte die Zündhütchen auf den Pistons aus. Wenn er gegen Gilmore antrat, durfte er sich keine Unachtsamkeit erlauben. Ein einziger Fehler würde sein letzter sein.

»Wo ist Belle?«

»Du wirst sie sehen – bald«, murmelte Nancy.

Kane rauchte der Kopf. Alles war so unwirklich, so verworren. Nancy mußte Gilmore mehr lieben, als sie zugegeben hatte, sonst wäre sie nicht wieder zu ihm gegangen. Aber warum wollte sie ihn selbst dann jetzt zu ihm führen? Sie wußte doch, daß Blut floß, sobald er auf Gilmore stieß.

Er ließ den Revolver wieder ins Holster gleiten und nickte ihr zu: »Gehen wir.«

Nancy führte ihn die Straße hinunter. Dann sah Kane plötzlich den Eldorado Saloon und blieb abrupt stehen.

»Halt! Hier soll er doch ...«

Sie schüttelte den Kopf.

»Nicht jetzt. Erst am Abend, wenn die Goldgräber aus ihren Minen erscheinen. Jetzt sitzt er beim Mittagessen. Komm!«

Finster starrte er ihr ins Gesicht. »Treibst du auch kein falsches Spiel mit mir?«

»Ich ...?« Ihre Augen wurden stumpf vor Trauer. »Frank, was glaubst du denn von mir?«

»Ich weiß nicht mehr, was ich glauben soll.« Vorsichtig spähend schaute er sich um wie einer, der in eine Falle gelockt werden soll. »Du bist zu diesem Bastard zurückgekehrt, also liebst du ihn noch immer. Und jetzt bietest du dich an mich zu ihm zu bringen, obwohl du weißt, daß dann einer von uns sterben muß. Wie paßt das zusammen?«

»Muß ich dir das denn erklären?« Ihr Blick bohrte sich in den seinen. »Kennst du mich so wenig?«

»Wer kennt schon eine Frau?« erwiderte Kane starr.

Sie hob die Hand und deutete auf ein flaches Bretterhaus an einer Straßenecke: »Er sitzt jetzt dort beim Essen. Danach reitet er immer ein paar Stunden aus, ehe er sich an seinen Spieltisch setzt. Erkennst du das Pferd nicht mehr, Frank, das dort angebunden steht?«

»Belle!« flüsterte Kane. Schon setzten sich seine Beine in Bewegung.

Nancy blieb an seiner Seite. Er hörte ihre Stimme auf sich eindringen: »Sei vorsichtig, Frank! Gilmore trägt jetzt zwei Revolver. Meistens täuscht er mit der Rechten und zieht links. Er ist raffiniert und schnell. Ich hoffe, daß du auch besser mit einem Colt geworden bist – sonst hast du keine Chance gegen ihn.«

Kane knirschte mit den Zähnen. Er mußte auf seinen guten Stern vertrauen. Den ganzen Winter hindurch hatte er geübt, aber zu einem erstklassigen Revolverschützen mußte man geboren sein. Er war es nicht.

Belle stand in einer Gruppe mit anderen Pferden. Sie sah struppig und verwahrlost aus. Gilmore hatte es noch nicht einmal für nötig gefunden, ihr das lange Winterhaar aus dem Fell zu striegeln. Ihr Bauch war mit eingetrocknetem Schlamm besprizt, und an beiden Flanken, rechts und links hinter dem Sattelgurt, trug sie die Narben alter Sporenrisse. Gilmore mußte sie grausam behandelt haben. Kane drehte sich das Herz um, als er es sah.

»Belle, meine gute Alte!«

Er trat auf sie zu, streckte die Hand nach ihr aus. Ihre Nüstern blähten sich, als ihr die altvertraute Witterung in die empfindliche Nase fuhr. Sie hob den Kopf, und noch erkannte Kane das alte Feuer in ihren Augen.

»Mein gutes altes Mädchen.«

Er kraulte ihr den Hals. Die Stute rieb den Kopf an seiner Schulter und wieherte leise. Dann wischte sie ihm, wie sie es früher oft getan hatte, mit der rauhen Zunge über die Hand.

»Jaja, schon gut.« – Kane spürte einen heißen Kloß in seiner Kehle. Belle hatte ihn erkannt. Nach zwei Jahren der Trennung hatte sie ihn noch nicht vergessen.

»Jetzt kommen wieder gute Tage für dich, altes Mädel. Paß nur auf, wenn ich dir erst den Winterpelz heruntergeschrubbt habe.«

»Zuerst mußt du Gilmore töten«, flüsterte Nancy hinter ihm. »Vergeude lieber keine Zeit mehr, Frank.«

Ach ja, Gilmore! Für eine Minute hatte ihn Kane vergessen. Für ein paar flüchtige Sekunden war er wieder glücklich gewesen. Nun war es vorbei. Er kehrte wieder in die Wirklichkeit zurück, in der es Schurken wie diesen Gilmore – und undurchsichtige Frauen wie Nancy Sherman gab.

Er trat weit genug von den Pferden fort, damit Belle nicht getroffen werden konnte, wenn die Kugeln flogen. Dann rollte seine Stimme über die Straße:

»Heraus mit dir, Gilmore, du Pferdedieb und Indianermörder!«

Ein paar Männer, die eben das Speisehaus betreten wollten, machten sich schnell aus dem Staub. Nancy verschwand aus

Kanes Blickfeld. Die Herausforderung war ausgesprochen und verhallt, und es schien, als wäre South Pass City in der gleichen Sekunde gestorben. Nichts rührte sich mehr außer einem Ballen von Tumble-weed, den der Wind durch die Straße rollte.

Dann flog die Tür auf und spie Gilmore ins Freie. Er hatte den Rock ausgezogen, um besser ziehen zu können.

»Kane!« kreischte er.

Seine beiden Colts flogen aus den Holstern. Kane zog, so rasch er konnte, aber er war viel langsamer als sein Gegner. Gilmores linker Revolver blitzte fahlrot auf. Kane bekam einen Schlag vor die rechte Hüfte und drehte sich einmal um sich selbst. Seine Knie wurden plötzlich so weich und gaben unter ihm nach. Er taumelte und versuchte sich zu fangen.

»Frank – um Gottes willen!« drang Nancys Stimme wie aus weiter Ferne zu ihm her.

Benommen riß er die Augen auf und stellte fest, daß er im Staube kauerte.

»Willst du denn noch nicht sterben?« heulte Gilmore.

Er schwang den Colt zum zweiten, endgültigen Schuß empor. Nancy tauchte plötzlich neben ihm auf, das Gesicht verzerrt, einen kleinen doppelläufigen Derringer in der Hand.

»Jetzt bist du an der Reihe, John!« schrie sie Gilmore an und drückte ab.

Gilmore taumelte unter der Wirkung des Geschosses, das in seinen Körper peitschte, aber er blieb auf den Beinen.

»Verfluchte Hexe!« keuchte er.

Sein Colt krachte. Die schwere Kugel fegte Nancy beiseite wie ein Blatt Papier – und das war der Moment, in dem Kane die Oberhand über seine Schwäche gewann.

Den Revolver mit beiden Händen haltend, feuerte er auf Gilmore, so schnell er konnte. Einmal, zweimal, dreimal. Die schmetternden Explosionen ließen die Fensterscheiben klirren.

Gilmore hustete. Er kippte steif nach hinten über. Die Planken des Gehsteigs bebten, als sein Körper auf sie stürzte. Dann lag er still und rührte sich nicht mehr.

Kane lief zu Nancy, die im Staube kauerte, beide Hände vor die Brust gepreßt. Blut sickerte zwischen ihren Fingern hervor.

»Schnell einen Arzt her!« Er warf sich neben ihr auf die Knie.

Sie schüttelte langsam den Kopf.

»Ich brauche keinen Arzt mehr, Frank, mein Lieber. Ich sterbe.«

»Ach Unsinn«, würgte Kane heraus, obwohl er den Tod schon in ihren Augen sah.

Ihre Hand versuchte, nach ihm zu greifen. »Hat er dich schwer getroffen?«

»Wer? Gilmore mich?« Kane schaute an sich herab, aber er bemerkte kein Blut. »Ich glaube nicht. Aber er selbst ist hin.«

»Dann ist es ja gut«, murmelten Nancys blutleere Lippen.

Kane bettete ihren Kopf in seinen Schoß. »Sprich nicht!« flehte er.

»Aber ich muß!« Ihre Stimme wurde immer schwächer. »Kannst du jetzt verstehen, warum ich zu Gilmore zurückgekehrt bin? Ich wollte Zeuge sein, wenn er starb. Aber ich wußte, daß ich dir nicht vorgreifen durfte, denn das hättest du mir niemals verziehen. Denn so ist es doch, Frank, nicht wahr?«

»Ach Nancy«, flüsterte Kane. Alle Knoten begannen sich plötzlich zu entwirren.

»Es war meine Absicht, dir den ersten Schuß zu lassen«, fuhr sie fort. »Aber wenn es ihm gelingen sollte, dich zu töten, dann sollte er durch meine Hand sterben. Das war mein Plan. Und als ich dich vorhin fallen sah – da war meine Zeit gekommen.«

Kane streichelte ihre Wangen und die Stirn, auf der schon der Todesschweiß stand.

»Du hast mir das Leben gerettet. Ohne dich wäre ich jetzt tot.«

»Mein Lieber«, hauchte Nancy, »mein Lieber!« und starb.

Kane bestattete sie noch am selben Tag und verließ South Pass City auf Belle, denn die Stadt war ihm verhaßt. Der Osten war sein Ziel. Dort tobte noch immer der Krieg; Männer wurden benötigt, die den Tod nicht fürchteten.

Als er am Abend zwischen den Hügeln aus dem Sattel stieg, war seine Hüfte steif. Er untersuchte sich gründlich, fand aber nichts als eine blau verfärbte faustgroße Beule. Etwas mußte Gilmores Kugel aufgehalten haben.

Er fuhr mit der Hand in die Westentasche und zog heraus, was er entdeckte: ein plattgedrücktes Bleiklümpchen und eine goldene Uhr.

Das Bleiklümpchen war die Kugel aus Gilmores Colt. Und die

Uhr, die das Geschoß abgefangen hatte, war die gleiche, die ihm damals, vor beinahe zwei Jahren, von Mr. Bolivar ans Krankenbett gebracht worden war.

Sie war durch den Aufprall der Kugel deformiert. Kane zog sein Messer und öffnete ihren Deckel damit. Neben Belle stehend, las er im schwindenden Tageslicht die wohlvertraute Widmung:

›Frank Kane zugeeignet für besondere
Leistungen im Dienste des Pony Express.‹

ENDE

Nachwort des Verfassers

Im Frühjahr 1860 erschienen in den USA Plakate und Zeitungsinserate folgenden Inhalts:

»Junge, drahtige Burschen gesucht. Nicht über achtzehn Jahre alt. Sie müssen erfahrene Reiter und bereit sein, ihr Leben täglich aufs Spiel zu setzen. Waisen bevorzugt. Lohn 25 Dollar pro Woche. Bewerbungen an Pony Express Gesellschaft, St. Joseph, Missouri.«

Damit begann das größte und verwegenste Postreiter-Abenteuer der Neuzeit. Gründer des ›Pony Express‹ war die Speditionsfirma Russell, Majors & Waddell mit William H. Russell als Initiator an der Spitze, der ob seiner kühnen Ideen von seinen Mitmenschen ›Napoleon of the Plains‹ genannt wurde.

Die Post sollte von St. Joseph am Missouri nach Sacramento in Kalifornien und umgekehrt befördert werden. Die Route betrug 1.980 Meilen und führte größtenteils durch rauhes, leeres Land, durch Wüsten und Steppen und die Jagdgründe noch wilder, unbefriedeter Indianer, über die Rocky Mountains hinweg und zuletzt noch über die schneebedeckte Sierra Nevada, dem schwierigsten Streckenstück überhaupt.

190 Stationen wurden eingerichtet, davon 25 ›home stations‹, auf denen der Reiter sich ausruhen und die Post aus der Gegenrichtung abwarten konnte, und 165 ›swing stations‹, auf denen nur die Pferde gewechselt wurden. Die ›home stations‹ lagen im Schnitt 75 bis 100 Meilen auseinander, die ›swing stations‹ durchschnittlich 15 Meilen. Bei ihnen richtete sich die Entfernung nach der Beschaffenheit des Geländes und welche Strecke ein Pferd in eben diesem Gelände im vollen Tempo durchzugaloppieren vermochte.

Im April 1860 waren alle Vorbereitungen beendet. 80 ausgesuchte Reiter und 500 der besten Pferde standen bereit. Am 3. April startete Johnny Fry in St. Joseph zum ersten Ritt nach Westen, zur gleichen Zeit schwang sich in Sacramento Jimmy Randall in den Sattel, um Richtung Osten zu galoppieren. Nach zehn Tagen war die Strecke das erste Mal bewältigt, und eine ganze Nation feierte mit Kanonendonner und Glockengeläut den Sieg des Pony Express über die Wildnis.

Alle Reiter mußten jung sein (zwischen 15 und 20 Jahre) und

durften höchstens 125 (engl.) Pfund wiegen. Ihre Bewaffnung bestand im Anfang aus einem Spencerkarabiner und zwei Revolvern, wurde aber nach kurzer Zeit auf einen Revolver reduziert. Der Reiter sollte nicht kämpfen, sondern die Post durchbringen. Sein ausgesuchtes, mit Hafer und Mais gefüttertes Pferd war in der Lage, jedem Indianerpony, das nur Grasnahrung kannte, davonzulaufen. Was auch geschah, das Motto lautete: ›The mail must go through!‹ – ›Die Post muß durchkommen!‹

Der Pferdewechsel auf den ›swing stations‹ mußte blitzschnell gehen. Dazu hatte Russell von dem berühmten Sattelmacher Landis die ›mochila‹ konstruieren lassen, eine Art Lederschabracke, die einfach über den Sattel geworfen werden konnte. Die Mochila besaß vier lederne Taschen für die Post, sogenannte ›cantinas‹. Es befanden sich je zwei vorn und hinten bzw. rechts und links auf der Mochila. Drei von ihnen wurden beim Start verschlossen, und nur der Superintendent der Endstation, also in Sacramento bzw. St. Joseph, besaß den Schlüssel, um sie zu öffnen; sie dienten der durchgehenden Post. Die vierte Cantina war unverschlossen und zur Aufnahme der Unterwegspost bestimmt.

Die Kosten für die Postbeförderung waren hoch. Zu Beginn des Unternehmens mußten die Kunden 5 Dollar für eine halbe Unze Postgewicht bezahlen, später wurde diese Summe auf einen Dollar reduziert. Dennoch hat sich das Unternehmen niemals getragen, es war ein finanzieller Mißerfolg und brachte seinen Gründern den Bankrott.

Zu den 80 zu Beginn angeworbenen Reitern kamen im Verlaufe der eineinhalb Jahre, die der Pony Express bestand, noch ca. 40 weitere, die Ausfälle ersetzen mußten oder für andere einsprangen, denen der Job zu gefährlich geworden war. Die Bezahlung mit 100 Dollar monatlich bei freier Kost und Unterkunft war für die damalige Zeit erstklassig (andere Überlieferungen sprechen nur von 50 Dollar), aber dafür wurde diesen jungen Burschen auch etwas abverlangt. Hatten Banditen oder Indianer die ›swing station‹ überfallen und die Relaispferde weggetrieben, war der ablösende Reiter erkrankt oder durch einen Zufall ums Leben gekommen – ›The mail must go through!‹ Nur einmal, als im Mai 1860 der Paiute-Krieg in Utah und Nevada ausgebrochen war, mußte der Dienst für einen Monat eingestellt werden. Danach ließ William H. Russell – als Antwort darauf – seine Reiter zweimal wöchentlich in den Sattel steigen statt einmal wie vor Ausbruch des Indianeraufstands.

Der schnellste Ritt dauerte 7 Tage und 17 Stunden; mit ihm wurde die Antrittsrede von Präsident Lincoln nach Kalifornien gebracht. Der berühmteste Reiter war ohne Zweifel ›Pony-Bob‹ Haslam, der im Mai 1860, bedingt durch den Ausbruch des Paiute-Krieges, 380 Meilen ohne Ablösung in 36 Stunden zurücklegte. Ein anderer Reiter, Jack Keetley, brachte es auf 340 Meilen in 24 Stunden, wobei er im Sattel schlief. ›Buffalo Bill‹ Cody, der als Fünfzehnjähriger für den Pony Express ritt, behauptete später von sich, daß er Haslams Rekord überboten und 384 Meilen Nonstop zurückgelegt hätte, also vier Meilen mehr als ›Pony-Bob‹. Eigenartig dabei ist nur, daß er diese Behauptung erst aufstellte, als er bereits der bekannte ›Buffalo Bill‹ geworden war, nicht früher. Deshalb wird seine Geschichte auch von vielen Seiten angezweifelt.

Am 24. Oktober 1861 wurden die letzten Lücken in einer durchgehenden Telegrafenleitung zwischen der Ost- und der Westküste der Vereinigten Staaten geschlossen. Über Nacht war der Pony Express überflüssig geworden. Es gab noch ein paar lokale Ritte auf kürzeren Distanzen, aber am 20. November des gleichen Jahres galoppierte der letzte Expreßreiter auf seinem müden Pferd nach Sacramento hinein, gab seine Post ab, stieg aus dem Sattel und schaute sich nach einem anderen Job um. Das Abenteuer ›Pony Express‹ war vorbei.

Dennoch stehen die Leistungen dieser größtenteils sehr, sehr jungen Männer einmalig in der Geschichte des Westens da: In den eineinhalb kurzen Jahren ihres Reitens beförderten sie 34 753 Stücke Post, meistens Wertbriefe, Schecks, Anweisungen und Regierungsdokumente. Sogar die englische Kriegsmarine machte sich die Dienste des Pony Express zunutze. Durch ihn hielt die China-Flotte Verbindung mit der Admiralität in London. Und die Gesamtstrecke der Meilen, die von den jungen Reitern im Sattel ihrer leichtfüßigen Pferde zurückgelegt wurde, umspannt vierundzwanzigmal den Erdball! Seit den Zeiten der berühmten Eilpost des Dschingis Khan hat es das nicht noch einmal gegeben.

Der Pony Express kam, hinterließ für eine kurze Zeit seine flüchtige Spur in den Prärien, Wüsten und Gebirgen des Westens und verschwand wieder wie Rauch im Wind. Aber obwohl ein finanzieller Fehlschlag, sind seine Leistungen bis auf den heutigen Tag unvergessen.

Die Namen von Johnny Fry, Jack Randall, ›Pony-Bob‹ Haslam, Jack Keetley und alle die vielen anderen gehören zur amerikanischen Geschichte wie die bärtigen Trapper und ›mountain men‹, die westwärts rollenden Planwagenkolonnen, die verhärmten Siedlerfrauen, die Prostituierten in den wilden Grenzerstädten, die Spieler, Postkutschenfahrer, Eisenbahnbauer, Viehtreiber, Gunfighter und die blauen Doppelreihen der US-Kavallerie.

Rex Hayes

Als nächstes Bastei-Lübbe-Western-Taschenbuch erscheint der großartige Roman:

IM SCHATTEN DES GALGENS
von Lewis B. Patten

Sie bekommen die Western-Taschenbücher überall im Zeitschriften- und Bahnhofsbuchhandel. Preis 3,00 DM.